无界
BORDERLESS

不纯世界的有序见解

WOMAN, EATING

［英］克莱尔·幸田 著　史晓雪 译

图书在版编目（CIP）数据

饿女 /（英）克莱尔·幸田著；史晓雪译. -- 北京：中信出版社，2024.8
书名原文：Woman, Eating
ISBN 978-7-5217-6599-1

I. ①饿… II. ①克… ②史… III. ①长篇小说－英国－现代 IV. ① I561.45

中国国家版本馆 CIP 数据核字（2024）第 100799 号

Woman, Eating by Claire Kohda
Copyright © Claire Kohda 2022
This edition arranged with Conville & Walsh Limited
Through Big Apple Agency, Inc., Labuan, Malaysia.
Simplified Chinese translation copyright © 2024 by CITIC Press Corporation
ALL RIGHTS RESERVED
本书仅限中国大陆地区发行销售

饿女
著者： ［英］克莱尔·幸田
译者： 史晓雪
出版发行： 中信出版集团股份有限公司
（北京市朝阳区东三环北路 27 号嘉铭中心　邮编　100020）
承印者： 保定市中画美凯印刷有限公司

开本： 880mm×1230mm 1/32　**印张：** 7.75　**字数：** 120 千字
版次： 2024 年 8 月第 1 版　**印次：** 2024 年 8 月第 1 次印刷
京权图字： 01-2024-2686　**书号：** ISBN 978-7-5217-6599-1
定价： 49.80 元

版权所有·侵权必究
如有印刷、装订问题，本公司负责调换。
服务热线：400-600-8099
投稿邮箱：author@citicpub.com

一切生命为了维持自身，都必须吞噬另一个生命。

——小泉八云《鸣噱》

目录

第一部分　　001

第二部分　　081

第三部分　　179

第一部分

我不知道自己体内的人类和恶魔在哪里相连，不知道恶魔部分是否有生出小须，慢慢变长，附着在人类身上，或是人类部分附着在恶魔身上，双方依赖彼此而存在。

1

阳光下,那个来自科拉公司的家伙正站在大楼外。我在网上读到过,这栋大楼曾是一家饼干工厂。

"嘿。"那家伙朝我挥了挥手,招呼道。

我走到离他只有几米远的时候,他看见我了,盯着我一路朝他走去,他脸上还挂着尴尬的微笑,弄得我很不自在。等我终于走到他面前,距离他之前打的那声招呼,似乎过去了很久。

"嘿。"我说。

"是莉迪娅吧?"

"叫我莉迪就好。"

"行,你好,莉迪。那个,我叫本。你是准备去看……"他看了看剪贴板上的几页文件,耳尖通红,"A14工作室。"

"对。"我答。

"你知道那个工作室光照不足,对吧?"本说着,抬起头瞧我,"我是说,如果你想的话,我可以给你找一个有天窗、采光更好的房间。"

我摇摇头："不用了，那间就挺好。"

本的眉毛一挑，问："你是摄影师吗？"

"不，我是行为艺术家。"

"真的？"他听起来很惊讶。对这种反应我早就习以为常，毕竟我总给人一种羞涩的印象。"好吧。"他说。

本打开大楼的门。那是一扇巨大的金属门，门前还有一扇铁栅栏门。一共得用上四把钥匙才能进入楼内。"这楼非常安全，"本说，"对在这里工作的女性而言，这绝对是一大优势。"

我点点头。

"自然，你可以在这里待到很晚，而不必觉得害怕。"

我抬头望去。二楼没有窗户，三楼才有。即便用上梯子，也很难够到三楼窗户。

"噢，对，"本顺我的视线方向望去，"一楼和二楼都没有窗户，因为以前这儿生产的饼干裹了一层巧克力。"

"这样啊。"我说。

"对，挺有意思的，是不是？"他说完，门哐的一声开了，"整栋建筑设计的根本，就在于要避免巧克力被晒化。"

我点头。楼很高，最底的两层看起来近乎地基的一部分。

我们进门时发生了一件尴尬的小事。我们俩都示意对方先进去，随后又因为同时想穿过门而撞到了一起。

"对了，你是从哪儿来的？"进入一条昏暗的走廊时，本问道。

我早已习惯别人会这么问,只是顿了一下,说:"我是英国人,但我爸爸是日本人,妈妈是马来西亚混血。"

他转过头来:"哦,不,抱歉,我是说你今天是从哪儿过来的?你是住在伦敦吗?"

"噢,对,"我谎称道,"我就住在这附近,在肯宁顿。"

"真不错,具体是在哪一片?"

我不住肯宁顿,只是在地铁图上看过这个站名,只能答道:"就在地铁站附近。"

"真不错!"本说,"那一片挺好的,是吧?"

我点头。

本打开一扇挂了"A14"名牌的门。我走进去。房间很小,但够我住了。房间一侧是个水槽,还有一个柜台,上面放着微波炉,下面放着一台小冰箱。

"这工作室没窗,所以租金便宜些,每月255英镑,剩下的由科拉来补贴,他们有青年艺术家资助计划,"本看着手里的几页纸,"水电另算,但费用不高,每月28日结算。要是你想租,我就把这文件给你留下,是一张地图,标明了消防出口之类的。"说着,他举起一张纸给我看。

"这灯能不能调暗?"我问,本点点头。我走过去扭了扭开关,原本明亮的灯变得几近熄灭。我任由灯光保持在最低的亮度,环顾四周,整个房间看起来就像覆上了层层叠叠的阴影。我眼睛稍一调整,眼前的世界又恢复了清晰,我看见本一直在瞟我,眉头微微皱起。

"我喜欢。"我说。

"太棒了!"本问,"那你要租吗?"

"租。"

"那我们看一下合同吧。我们要不要……"

他没把话说完。我意识到他在等我把灯光调亮。

"好。"说是这么说,但我只是走到桌边,在昏暗的光线中坐了下来,希望他能接受这样的环境。他确实接受了,跟跟跄跄地走过来,途中还毫无缘由地绊了一下。人类,他们的夜视能力真是太差了,我心里想。接着他坐了下来。

他把夹在剪贴板里的文件放在桌上摊开,随后抬头看我。在微弱的灯光下,他的五官看起来非常柔和,在室外反而显得更棱角分明一些。圆润的脸颊泛着粉色,年纪应该不大,长相算得上英俊。我绽开微笑。本双手交握,说:"你介不介意我……"随后站起身,指了指头顶上方的灯。

"说实在的,你要是不介意的话,就让灯光保持这样吧。"我补上一句,"我有点头疼。"

"噢……好,当然。我有布洛芬,你要是需要……"本又坐了下来,伸手去够放在身旁地上的、外观细长美观的骑行包。

我摇了摇头,说:"不用了,没事。多半就是饿了。""饿"字一出口,我就听到自己的肚子叫了一声。我在座位上动来动去,想要掩饰,但那声音太大了,在空荡荡的房间里显得异常响亮。我尴尬不已。本假装没听到,气氛变得更尴尬了。

"那个……"本自顾自地笑着说,"这样我根本看不清表格。"他又笑了,抬起头,眼睛睁得圆圆的,嘴巴略显犹疑和紧张。"不过,我已经把你要签字的地方做了标记,"他眯着眼睛说道,头低得都要碰到桌子了,"嗯,这儿有一处。"

他把一张纸推到我面前,大拇指紧紧按在我需要签字的地方。虚线的末尾有个用黑色记号笔打的叉,我看得清清楚楚,但我没告诉他,而是拿起笔,像要辨清方向似的摸索着,碰了碰他的手。我用指尖触碰他的大拇指,很温暖。这股想和他调情的冲动不知从何而来,可能是因为在这个房间里,在这样昏暗的灯光下,我觉得自己很强大。男人则相反,在安静的环境中他们会变得不安。如果周围有了车辆,有了他人的声音,他们就会更自信。而眼前这个空间非常安静。我沿着那条线,签上自己的名字。

"还有别的地方要签吗?"我问。他推给我另一张纸,仍用他的大拇指点出要签字的地方。

"好了。那么,基本上,你刚刚签的都是些常规文件,你懂的。"

"嗯嗯。"我说。

"不能在这里过夜,不能在这里开派对,也不能有大型集会活动,总之,超过五人的聚会都不行。显然也不能用明火。还有,不能有危险的化学物品。"他笑起来,似乎有些紧张。

"没问题,我已经在网上看过注意事项了。"

"抱歉,也许我该在签字前把要求告诉你,对吧?"本问。

我什么也没说。他的眼睛又大又圆。"好，"说完，他开始收拾桌上的文件，"你可以把东西都搬进来了。钥匙你想什么时候拿？"

"现在行吗？"我说，"我准备今天就把东西搬进来。"

"今天吗？哇哦，好，也太快了，我还没来得及好好清洁，但是不是也没什么关系？"说着，他把手伸进衬衫口袋里，掏出这间工作室的钥匙，以及其他四把用来开金属门和铁栅栏门的钥匙。

"没关系。我明天刚好要去实习，就想趁今晚搬进来。"

"真不错！在哪里实习呀？是我听过的地方吗？"

"OTA 画廊。"我回答。

"真的假的！"本说，"水獭画廊？*那地方不错啊，之前这儿有个女孩也在那画廊实习，你可能会见到她，她叫沙克蒂。"他把钥匙递给我。灯光太暗，他没看清，把他自己的手和钥匙一同放到了我掌心里："啊，不好意思。"我能看到他的脸都涨红了。

我笑了："谢谢。"

"你刚刚说你住在肯宁顿哪里来着？离城市行业协会近吗？"他一边问，一边背起骑行包。

"近。"我隐约记得城市行业协会的位置，也能想象自己

---

* OTA 音似 otter（水獭），故得此名。——编者注（本书脚注均为编者注）

住在那附近的模样。那片区域好像有几栋高大的联排别墅。

"是和别人合租的。"我补上一句。

"噢，是和艺术家吗？"本问。

我只能当场编造起自己的另一种生活："不，是跟一对音乐行业的夫妇，还有一个在零售业的家伙，但他……他想转行做电影。"

"祝他好运。我有个朋友是电影行业的，她是负责艺术指导的。如果你那舍友愿意，我可以牵线搭桥。"

"或许，再说吧。"我答道。

本开始小心翼翼地朝门口走。在这样的光线下，本连穿过房间都很难，我却能轻易地把细线穿过针眼。我甚至能当场给他画张肖像画。知道这些让我开心。我跟在他身后，仔细观察他颈上的绒毛，他淡粉色的皮肤，以及那皮肤上的鸡皮疙瘩。还未走到门口，他就转过身来。

"呃，"他清了清嗓子，"我就在楼上，我是说我的工作室就在上面，比你的高两层，从那一层起就有窗户了。你楼上没住人，所以我们几乎可以算作邻居了。"

"对哦，"我说，"你也是艺术家。"

"是的。但我也为科拉做些事，比如领人参观工作室之类的，以及管理这栋楼，所以我那间工作室免费。你要是想过来串个门，就是打个招呼啥的，我就在 C14。要是我不在工作室，那我多半是在那'地方'。"

"那'地方'？"

"对。那'地方'就是公共生活区,而工作室就是'空间',我们都是这么叫的。"本笑了起来。我能看出来他觉得这名字很好笑,也许还有点难为情。"我知道,这名字起得有点老套,"他补充道,"意思就是工作室就像……你自己的空间,懂吧?而那'地方',就像……"他模仿起电视广告中的画外音腔调说道:"必去的地方。"他大笑起来,又哼了一声。挺可爱的。

他把手搁在门把上,胳膊下夹着我刚刚签了字的文件,开口道:"我应该……"

我有点想跟着他出去。尽管我刚认识他,但他身上有些让我舒心的特质,特别"像人"。他的笑容很可爱,紧张的样子也很可爱,身上的皮肤就像幼童一样紧致,还长满了小雀斑。

"要不,中午一起吃个饭?"

我的心沉了下来,恰在这时,肚子又咕咕叫了起来。

"我可能会去百特文治之类的地方,买一份牛油果沙拉卷。"本说。

"嗯好,不行。"每当我想拒绝别人又不愿显得不友好时,总会又说"嗯好"又说"不行"。我补上一句:"我去不了。"

"好吧。"他看起来有点失落,估计是听了我肚子叫之后,他以为我会答应。

"抱歉。"我说。

"没事。那要不我给你带杯咖啡或什么的?"他问。

我摇了摇头:"不用了,谢谢。"

"好吧,"他打开门,"我把手机号写在桌上的那张纸上了。"

"好的。"我说。

"希望你的头疼能很快好起来。"说完,他打开门,令人目眩的灯光瞬间涌了进来。他走出去,消失在大厅里。

我躺在地板上,混凝土上什么都没铺,没有地毯、垫子或别的什么东西。背后冰凉凉的,很舒服。

灯光依旧晦暗。在黑暗中,我总会觉得更舒服一些,倒不是说灯光会灼烧我,只是有时太亮的灯光会让我难受,尤其那天我刚好做了太多不熟悉的事:打包、搬家、远行。对我的大脑来说,信息量太大了,太痛苦了。对皮肤来说倒是没什么。不过阳光确实会灼伤我,只是跟电视上、电影里演的不一样,我不会被照得冒烟或是被烤焦之类的,也不会突然着火,而是会被晒伤,仿佛我的皮肤不含任何色素——不含任何黑色素,而是彻底的白。

我翻身侧躺,眼角瞥见水槽、冰箱和微波炉。自早饭后,我就没吃过东西,也是因为一直在忙。早上七点半我就离开了妈妈的房子,走之前最后一次检查了所有的房间,确保没有落下什么东西。猩红果园建议房客尽可能多带一些私人物品,诸如照片、书籍,甚至是家具、手工艺品,放在房间里,以便让这些携带着回忆的旧物促进新记忆的形成。但妈妈还是带了太多东西。她用好几辈子攒下来的什物，把我从小生活其中的这栋两居室小房子塞得满满当当的。其中有些东西也是真的真的很古老了。我曾在"脸书"（Facebook）上出售一把古旧的显微剪，最终被一家当地的博物馆买走了。我的一位老同学就在那家博物馆工作，他看见我发的帖子，主动提出和馆长谈谈，看对方肯出多少钱。结果他们出了一大笔钱，足够付我工作室好几个月的租金。

昨天，我把妈妈留在了猩红果园，这样我就可以一个人做些最后整理的零碎工作。我不清楚，若是她知道了她已经不在自己的房子里，若是她看到所有的房间都空荡荡的，若是她知道很快会有别的租客搬进来，她会作何感想。猩红果园的工作人员告诉她，她只是暂时住在这里，过不了多久，她就会回家。他们还让她留着前门的钥匙，我离开时，那钥匙都还被她紧紧攥在手里，哪怕过不了多久，即便她带着钥匙回去，房子的锁也会被换掉了。

"莉迪。"我离开的时候，妈妈唤道。她望向窗外。新房间风格古旧，像是给八九十岁的人设计的。而妈妈在过去的几个世纪里，都是一副四十出头的模样，黑头发中唯有几缕灰色，眼睛也依旧有神。

"妈，我过几分钟就回来。"我按照医生之前教我的那样回应了。

"朱莉，别担心，"医生安慰道，"莉迪娅只是出去买杯茶和买点吃的。"但这话当然说错了，只见妈妈的眼睛睁得越来越大，整张脸都扭曲了，眉毛抬得高高的。"你是要离开我！你是要丢下你的母亲！"妈妈号哭起来，看起来吓坏了，宛若第一次被留在幼儿园的孩子。

"不，不是这样的，妈，我没有。"我本想拍拍她的头，结果她扭过头来想要咬我，我立刻把手抽了回来，说："是医生搞错了，我不是要出去吃东西。我只是需要上厕所。"

"**那你去这儿上！**"妈妈指着跟她房间连着的厕所吼道。

我一时不知该如何答复，支支吾吾："我……"

"别担心，朱莉。她很快就会回来的，我保证。"医生说。

"莉迪，"妈妈小声说，不理会医生，抓着我的上衣，把我拉到跟前，"莉迪，你是不是不肯原谅我？你是不是还恨着我？莉迪……求你了……"

"妈，你别这样。"

"莉迪，"有那么一瞬，她的表情变成了担忧，说，"没有我，你是活不下来的。你和他们不一样。"但我把她推开了，她脸上的担忧变成了内疚："你为什么那么恨我，不要恨我，求你了。"泪水顺着她的脸颊滚落。即便母亲流了泪，也很难判断她表露的情感是真是假。

"妈！"我厉声说，挣脱她的手，径直走出了门，"我很快就会回来，好吧！"说完，我立刻又觉得内疚，关上了门。门后妈妈的尖叫和呜咽依稀可闻："你恨我，你恨我……莉迪娅！我为你付出了一切，我做的一切都是为了你好。我要自杀！我会自杀的！我做得到。我会做的！"

一旁的医生说了些关于食物、体重和个人卫生的叮嘱，我没理会，走到大厅。外面的太阳特别烈，但我只想出去，待在这里反倒让我有种奇怪的感觉——皮肤仿佛在灼烧，内疚像一团火似的在我体内蔓延。

"好，"我站在室外回应医生，惊讶地发现自己的声音在抖，"很高兴认识你。"

"我也很高兴认识你。接下来的几天，我们可能会联络你，但我们这儿有个规定，我敢说应该有人已经告诉过你了，就是住客在第一周不能联系任何家人。但如果你有任何需要，或者有任何担忧，你可以随时打给我们。"

我点点头，伸出手和医生握手。"天啊！"他说，"你的手好冰啊。"我叹了口气，懒得再找什么借口，只是表示同意，就好像他说的是什么个人看法，而非客观事实。"嗯，对，"我说，"谢谢你。"

医生同情地歪了下头。当我转身朝大门走去时，他说："好吧，那——"我本以为他会趁我听得清时再说点别的，于是放慢了脚步，但他什么也没说，只是任由"那"一字悬在空中，转身走了回去。

之后我就直接回了妈妈家。我补了层防晒霜，尽量挨着阴凉处走，但鼻子和前额还是被晒伤了。到家后，我在被晒伤的地方涂上一层尼尔庭院牌婴儿润肤露。接着，我把地扫了一遍，吸了尘，把自住进来之后聚集在地毯上的灰尘统统给清了。我们留下的DNA，甚至是爸爸生前留下的DNA，都被我握在手里，与头发、死虫、皮肤碎屑、地毯长绒混在一起。我把它凑到鼻子边，深深闻了一下，想着在把它扔进垃圾桶之前，我可以借由这气味和爸爸建立某种连接。我还把用了太久、脏兮兮的水槽给清洗了。

我在客厅地板上铺开睡袋。楼上有点吓人。虽然真死在这房子里的是我爸爸，但我能在楼上感知到的却是妈妈的存在，仿佛我在这里和她共度的每个瞬间都变成一个个幽灵，在她的卧室里徘徊。我坐在睡袋上，头靠这所房子附带的沙发。最近，我在脸书上看过一篇关于搬家仪式的帖子，说是要是你在一个地方住了很久，搬离时如果处理得不妥当，就会遗留各种各样的精神包袱。那个帖子里还附了几张照片，照片里的女人有一头金色的长发，衣着宽松，正在轮流为不同的房间祈福，往地毯上撒盐，还做了某种迎接新开始的满月仪式。我无法想象在这栋房子里搞这样的事。在我看来，这房子里已不会再有新的开始了。我任由自己的头顺着沙发滑了下去，砰的一声落在地上。

那天晚上，我终于喝完了家里的最后一桶猪血，猪血是从屠户那里买的。为了更有仪式感，我把血稍微加热了一下，倒进红酒杯里喝。另一桶猪血已经被我小心翼翼地倒进扁酒瓶里，储存在妈妈在猩红果园的新冰箱里。那冰箱里还存了些人类的食物：奶酪、微波食品、牛奶、香肠、蔬菜，但这些都是伪装罢了。我坐在厨房的餐桌旁，一个人吃着家里仅剩的猪血。过去这么多年——我这一辈子，都是和妈妈一起用餐的。妈妈禁止我在楼上吃饭,她说若我不小心弄洒了一点猪血,就会弄脏地毯。但我觉得真正的原因是她不喜欢一个人吃饭。

吃饭前,我们总会先祷告。我们的餐桌是一张20世纪50年代生产的白顶小桌,桌腿是金属的。我坐一头,妈妈坐另一头。我们的双臂伸向彼此,在桌子中间相触,十指交叉相握,手腕压在桌面上,交握的双手就这么立着。等我闭上眼睛,妈妈再闭上眼,开始背诵一段祷文。与电影或电视节目里对着食物感恩上帝不同,我们感恩的对象并不是上帝。我曾问过妈妈,为什么我们不感恩上帝,她很不耐烦地看着我。那时我大概六岁,正在学校里学习上帝和耶稣诞生的知识。

"莉迪娅,"她叫了我的全名,这种情况一般都表示她在生气,"你觉得上帝会喂养像你这样的身体吗?"

我试探性地摇了摇头,但其实并不明白她的意思。妈妈继续说:"上帝没给我们吃的,是别的东西给了我们吃的。上帝根本不想帮助恶魔活下来,而我们就是恶魔,莉迪。我们不正常、令人厌恶、丑陋不堪。你看看我们,我们就是罪恶本身。"

说完,妈妈把手伸到桌子对面,抓住我的手。那时候我的胳膊还很短,妈妈不得不倾身向前,胳膊拼命朝前伸,来够我的手,而我跪在椅子上,也拼命去够她的手。

"但没关系,"她说,"我们是同类,我们还有彼此。"然后她念起适合我们的祷告词,并不感恩什么崇高的存在,只是感谢猪,因为我们喝的血正是从猪身上抽来的。

我一夜没睡,躺在这座我住了一辈子的房子里。房里永远都是塞满了各种早该被丢掉的东西——信件、文件、破布和旧衣,之前还有爸爸的艺术作品,不过后来为了筹房租,它们都被妈妈卖了。他留下的一幅幅画都装裱好了,像是随时要挂在画廊里似的,但只是堆放在妈妈的卧室里,靠着墙,背面朝外,仿佛画框里有爸爸的脸,妈妈不忍看见。现在这些画都没了,除了网上可见的那几幅,其他的我也记不清了。那天晚上,我感觉房子的空虚仿佛化作了一个实体,在谴责我卖掉了妈妈的东西,谴责我要去寻找自己的新生活,谴责我把妈妈留在这里,留在一家疗养院中。

第二天早晨,我把自己的私人物品统统装进了一个大行李箱和背包里,有睡袋、笔记本电脑、衣服、爱用的马克杯、旧素描本、几本跟艺术相关的书,还有几本跟动物相关的,我过去会借这些书来寻找我跟其他物种的相似处,另外还有几本写的是烹饪、野外觅食。我打开冰箱,里面空荡荡的,只有一截用保鲜膜裹起来的黑布丁*,还是粗短的香肠尾巴。天知道它在冰箱里放了多久了。香肠是我们喝完猪血或肉店关门时的应急储备。我把黑布丁切成小块,像要给鸟儿喂面包屑一样放在手掌心,一边绕着房子走了最后一圈,一边小

---

* 常见于英国和爱尔兰的一种香肠,由猪血混入脂肪、燕麦制成。

块小块地往嘴里塞。那玩意儿难吃极了，尤其是刚从冰箱里拿出来的，冷冰冰的，里面还混了些蛋、燕麦、花椒，都是我身体没法吸收的食材，我吐了出来，但多少能维生。吃完后，我就离开了。

自然，此刻的我饿极了。这倒不罕见，我想也许是因为我很懒，也有可能是因为别的。我侧躺在新工作室里，听着肚子咕咕叫唤，除了背包里的东西，这屋子里完全没有属于我的物品。我太饿了，最后肚子甚至都叫不动了。

我也不知道自己为什么会这样，倒不是说我不重视自己——心理学家多半会这么说。其实更像是我清楚自己不吃东西也可以活，可以活很久。况且，隐隐地朝身体的极限挑战很让人愉悦，让我感觉自己比以往更有活力。我听说，有人会在乡间跑上五六十英里[*]，还不只是位于肯特郡的平坦乡间，而是谢菲尔德附近丘陵颇多的乡间，就为了能体验同样的感觉。这就好像他们迫使自己的身体尽可能地达到极限，这样他们就能感受到死亡，或是别的什么存在；就好像他们径直抵达生存意义的边缘，可以俯视下方难以衡量的巨大虚无，为自身凌驾于虚无之上而非身处其中而欣喜不已。那才是活着的意义所在。但通常情况下，人是看不到那个边界的，也无法目睹生命的丰盛与死亡的虚无之间的鲜明对比，自然不会像那些跑步者一

---

[*] 1英里约合1.61千米。

样,能感受和知晓生命是多么的令人欢欣。

而我知道自己不一样。无论是虚无还是虚无上方的悬崖,它们在我眼中呈现的景象都与在常人眼中不同。对我来说,虚无之中并非空无一物,所以它并非真正的虚无,而悬崖浸没于无边无际的黑色薄雾之中。尽管如此,我还是喜欢强迫自己的身体抵达极限,或者说,我喜欢假装自己的身体有极限,喜欢感受饥饿带来的疼痛,喜欢想象随疼痛而来的便是死亡。恼人的是,对我来说,那种濒临极限的感觉总是不可及的。我可以在这里,在科拉饼干工厂里,在A14的工作室地板上,躺上几天、几周、几个月,甚至几年,无论多久,最终,我依旧能爬起来,爬到有食物的地方,进食,然后完全恢复。哪怕我真的非常虚弱,虚弱得爬不起、动不了,我还是能活着,昏迷但活着,躺在那里,任由一年又一年过去。我的身体拒绝寻常的死亡,直至太阳坠落、吞没地球。

我扯下指甲旁一块松弛的皮肤,用力挤了挤,一个小血珠溢出来。我吮吸着血珠,吮到血止住了,我才爬起来。

我享受着眩晕的感觉,摇摇晃晃地走到放包的地方,打开包,取出今早我用保鲜膜裹好的最后几块黑布丁,倚在水槽边,吃了下去,把香肠里的燕麦跟花椒吐掉。接着,我拿上钱包和手机走了出去,关上门,隐隐有些不安,因为自己是在一个陌生的地方,在用一把陌生的钥匙锁一个陌生的锁。锁咔嗒一声锁上了,我推了几下门,又摇了摇把手,确认门关实了。随后,我又用钥匙开了锁,打开门,只为确认之后我还能再进去。我锁上门，再次摇动门把手，恰好听到走廊尽头传来开门的响动。走廊里站了个女人，与我大概隔了十扇门，正在打电话，胳膊上还挂了一个自行车头盔。她个子很高，身材纤瘦，皮肤黝黑，头发扎进头巾里，正对着我微笑。

"嘿。"那个人说。

"嘿。"我回答。

随后，那女人跟电话那端的人打了个招呼，朝我摆摆手，走进屋去。

在肉店排队的时候我一直在刷脸书。有人发了一条帖子，说某种新型的低糖花生酱中含有一种对狗狗有害的成分，并留言说："狗主人要当心了！"还有人在寻求往冰沙中加哪种素食蛋白的建议。有个同学发帖讨论比例代表制，我读着觉得比例代表制挺合理的，印象中自己以前也想过这个问题，但时而又会困惑，究竟有多少想法是我自己的，有多少是我从别人的社交媒体上读来的。根据我同学贴出的那个图表，如果采用比例代表制，保守党的支持率会下降4%，工党会上升3%，大抵如此。虽然图表并不很清晰，但我已经坚信不疑了，于是继续往下滑。

"小姐？"柜台后面的家伙说。他的视线在我的锁骨处扫来扫去。

"抱歉。"我把手机放到口袋里，笑了一下。

那人手搁在腰上，盯着我看，一脸不耐烦，接着问："有什么能帮你的?"网上评价说这个屠户特别友好,还说这家店已经传了好几代人。现在一见这男人声音沙哑、不苟言笑的样子,我反而吃了一惊。

"呃……"我看了看玻璃后面的商品。有一些馅饼和面点,什么苏格兰蛋、土豆沙拉之类的,还有切好的肉片和裹好的肉块。

"我要一个苏格兰蛋和……"男人伸手去拿那堆苏格兰蛋最上面的那份,用薄塑料包起来,放在柜台上。"一块奶酪,还有,还有那个有培根的面点……"我指着想要的面点,他从身后拿出一个小纸袋,用夹子把面点夹起来。我不明白苏格兰蛋和面点为什么会受到差别对待。"再来一根香肠,再来几根小香肠,再来点土豆沙拉。哦,对了,嗯……你们卖不卖,猪血?"说完,我在原地来回摆动着脚,清了清嗓子。

男人停住了,戴着手套的手正准备伸向柜台前的一堆香肠,这会儿悬在半空中。他故意夸张地眨了眨眼,然后站直了身子,脸上满是困惑。

"我是一个行为艺术家。"我说出口了,但声音很小。

"你是什么来着?"那人问我。

"行为艺术家?"

那人只是盯着我。"我们这里不卖这样的东西。"他语气生硬,仿佛我要买的是行为艺术家一样。身后的一个顾客对另一个顾客低声说了些什么,接着两人窃声笑了起来。

"行吧。"说着,我从柜台向后退。原先在马盖特买猪血很容易,那里的屠户每隔一天就有大量的猪血可卖,她也不会问任何问题。我转过身,朝门口走去。"麻烦让一下。"我一边走一边说。那个男人在我身后喊道:"你的点心和苏格兰蛋还要吗?嘿!"

到了外面,我在人行道上站了一会儿,想着自己是不是要哭了。但我没哭,只是站在那里,就在灯柱的旁边,身旁是匆匆而过的行人。现在正值下班高峰期。人们从沃克斯霍尔站和沃克斯霍尔桥走过,只想快点回家。我整理好自己的情绪,脚贴着土地,思考下一步该做什么。天越来越黑了。太阳已经落到了建筑物后面,但依旧在地平线之上,尚未完全落下。即使隔着那么多的混凝土建筑。我也能感觉到它的存在。天空是一片怡人的橙色。每天差不多到了这个时候,我才能抬头仰望云层,而不觉得光线过于明亮。

我沿着这条路走了一会儿,走到一座铁路桥下。那儿的地下通道的墙壁上画满了威廉·布莱克作品的各种变体。从这片地方的路名来看,我估计布莱克曾在这附近住过。在地下通道的壁画正中仿的正是布莱克的微型画《一只跳蚤的鬼魂》。画中是一个怪物般的男人,后背和双腿肌肉发达,甚至让人有点恶心,还留着长长的指甲。我转过身,面对着这幅画,壁画中的人比真人大上一点,比原作大 20 倍左右。那男人的舌头卷了起来,仿佛一只真正的跳蚤的口器翻转过来,那对眼睛睁得大大的,其中满是渴切。他正看着一个空碗。这个碗里可能曾装了鲜血,还是从动物身上抽出来的鲜血,刚被这跳蚤的鬼魂饮完。又或者碗底也许还剩了一点血。我看着画上的碗，只感头晕目眩，又萌生了几分嫉妒，嫉妒那跳蚤可以不被察觉地吸、多半还饮饱了动物的血。我正看着，路上传来了一阵脚步声，是一个男人鞋子的响声，嗒、嗒、嗒。还有醉醺醺的胡话，含糊不清，其中夹着几句咒骂。我转身朝工作室走去。

之后，我到了圣潘克拉斯站，在行李存放处等着取行李箱。我把工作室钥匙放在衬衫口袋里，仿佛口袋里装的是开启新生活的钥匙，而行李箱里装了我过去的生活。

"你好。"一个素未谋面的男人从男厕所那边走来，对我招呼道。

"呃，你好？"我说，眉头紧皱，慢慢走近行李存放处的柜台，想象周围有一个气泡，在那气泡里我是安全的。

工作人员从存放行李的地方走出来。他的头又小又窄，身子圆滚滚的，套了一件又大又宽的衬衫。我刚刚递给他一张票，他打量着那票，眼都不抬就问道："你确定你拿的票是对的吗？"

"嗯，"我挪动着脚，"我是说，是的，别人给的就是这张票。"我有点慌。行李箱里没有什么值钱的东西，毕竟笔记本电脑已经放在工作室了。但箱子里的东西能给我一种舒心的熟悉感，这种熟悉感是笔记本电脑永远都给不了的。那里面有我小时候读的书，长大后常穿的衣服，用过的速写本，还有我的出生证明。妈妈将它对折了八次，折得小小的，绣到一副手套的内衬里。正是远在几个世纪前，在她被转化之前，妈妈常常戴那副手套。出生证明并不值钱，但那象征了我的人类生活，象征了我曾经作为一个彻底的、正常的、终有一死的人类活过，哪怕只活了几天，就被妈妈转化成了吸血鬼。现在的我看着比实际年龄显小了，那证明就成了一个小秘密，成了我短暂而纯粹的人类生活的纪念物，我将永远将其带在身边，至少在这一刻之前我是这么计划的。

"行李不在吗？"我声音尖起来，"这就是我拿到的票。一位女士给我的，她把另一端撕下来收了回去。"我指了指那家伙几秒钟前进来的那扇门。

"不在，"他说，低头看向那张纸，"后面没有这个号码的行李。"他抬头问道："你想让我再看一遍吗？"

"对啊。"我生气地说。我看着柜台上自己微微发抖的手——也许是因为我的行李箱丢了，也许是因为我再也感觉不到饥饿，哪怕我知道那饥饿仍然存在。

"好吧。"男人说完，拖着脚步走了进去。

等待的时候，我努力回想箱子里有什么，就好像如果我能想起来，至少能在我的脑海里留下点什么。他回来时依然两手空空。"对不起，小姐，"他说，"东西不在。倒霉的是，这种事并不少见。肯定是哪里出了错。我会给你一张表，你可以填一下，然后向总部索赔，我可以给你办理退款，退还……"他低头再次看了看那张纸，说："按今天的费用计，是退还 22.5 英镑。"

"妈的,"我说,"你是认真的吗?"

那人抬头看我,眼睛又小又圆。抬头时他的脖子随之露了出来,似乎在跟我打招呼:"你好呀,很高兴见到你。"

"很抱歉。"那人说。

我不再看他,说道:"随便吧。"然后自顾自地把钱包掏出来。

"所以,你会接受退款,对吧?"

"对,转进这张卡里吧。"我干巴巴地说,把借记卡递给他。当他走到柜台的另一头时,我摇了摇头,低声咕哝着:"妈的。"即便只是对自己而非他人表达不满,也能让我感觉好一些。或许我并不需要那些书跟衣服,甚至连出生证明也不需要。出生证明能证明什么呢?证明我曾经出生过吗?证明我也曾是一个完整的人类吗?我不需要一张缝在手套里、读都读不了的纸来证明。再说,我有的是无尽的时间,大可慢慢为自己攒各种书和衣服。说实话,我本就计划将来某一天能有自己的房子,能在其中某间房里建自己的图书馆,还能有一家以自己的名义开的画廊,经营几年,再雇其他人来管理,而我则退居幕后,远远地监管一切。此外,我还会用不同的名字创作;最终,我会写一篇新闻稿,宣布我已在家中以高龄安详去世,将把自己的画廊和财产传给我的成年女儿——其实也是我。我将一次又一次地重复这个过程,将坐拥属于自己的作品、书籍和一栋在我名下的建筑。

"好，那就完事了。"那家伙补上一句，"很抱歉给你造成了不便。"

"谢谢。"我叹了口气，走了。

去地铁的路上，我在一家卖有机食品和咖啡的商店里停了下来。与车站里刺眼的白色条形灯相比，这里的灯光暗了些，舒服多了。店里还有闪着橙色光芒的暖风器，我站在一旁，皮肤渐渐暖起来。外界的热量并不会在皮肤表层留存很久，因为我的皮肤近乎皮革，一旦离开热源，立马就会冷却下来，但哪怕只有几秒，能想象一下自己的身体有热量也很不错。在冷藏食品区，我像旁边的顾客一样拿起几样东西，翻过来看上面的营养表。我喜欢读各种各样的数字，任由这些数字告诉我，自己手中的东西会在人体内引发怎样的反应。能量:326千卡，脂肪:16.0克，碳水化合物:38.0克，蛋白质:11.0克。一顿"超级食品"含有谷物、石榴籽、葱、橄榄油、芥菜籽、大蒜还有柠檬，也被称为"超净沙拉"。我拿起一小盒燕麦酸奶，仔细阅读白色小标签上的信息，又把它放回架上，好像嫌弃酸奶所含的营养不够丰富，或是配方里没有我要的元素。我看着另一位顾客拿起一个小塑料碗，里面铺了一层菠菜，上面放了颗煮鸡蛋，还端了一杯冰咖啡。他把食物拿到柜台，付了钱，很快，旁边又来了一个人，看了看冷藏区的商品，又放下了。最后，我走到柜台，问他们卖不卖黑布丁，或者他们知不知道哪里有卖，柜台后的女人困惑地摇了摇头。"抱歉，我们不卖。你确定是叫黑布丁吗？"

"是的，"我懊悔自己刚刚为何不问，屠户那儿摆了那么多加工食物，多半也有成打的黑布丁，"是一种香肠。"

她又摇了摇头。"也许玛莎百货有卖？"

离开时，我看到了那个买鸡蛋的人。他坐在暖风机下方的咖啡区，咬掉了鸡蛋的顶部，剩下的拿在手里。我去了另一家商店，想看能不能买到睡袋之类柔软的东西，这样睡觉就有东西垫着了，但那里的东西都太贵了；我本想去玛莎百货看看，但一想到要和更多的人打交道，一想到可能又会失望，我就觉得无法承受，只能走到地铁站。

下电扶梯的时候我还挺开心的。失去旧日生活累积的一切财产可谓是一种解脱。即便今晚入睡我没有东西可垫，我依旧感觉很轻松、乐观。但这种感觉很快就消失了。在通往南行北线的隧道里，我感觉到有人在跟踪我，只是没见到可疑者，身后的行人只是在赶地铁，但我总感觉背部被人用目光戳了一下。我曾经以为这种敏锐的感知力是我与人类的另一处不同，但在十几岁的时候我问过妈妈，她告诉我不是的，说这种感知力来自我人类那一半血统，还说这种第六感大多数女性都有，男性没有，或者说，他们通常不需要。

我转到站台，走到尽头，那里聚集了一群举办单身派对的女人，从其口音听来，她们应该来自曼彻斯特。地铁到站后，我和这些女人一起上了车，藏进了她们的羽毛围巾和气球里。地铁开了，我透过连接下一节车厢的窗户看见一个人。

估计就是他在跟踪我。只见他盯着我,大眼,瘦脸,深色头发已经斑白。我透过窗户瞪他,好让他知道我看见了他,让他知道被这么打量我很不高兴。但他依旧盯着我,盯了许久,嘴角甚至隐隐浮现微笑的弧度。

不知为何,丢失的行李箱此刻的意义比早前更重大了。在这个男人的注视下,我意识到我并不知道自己是谁。从某种意义上来说,我的生活从明天开始,我将在画廊开始实习。而今天的我只是一个胚胎,皮肤纤薄,充满水分,眼睛尚未睁开。那男人的视线宛如一盏聚光灯打在我身上。我没有任何东西能证明自己的存在,也没有任何东西能证明我除了表相之外的身份。我摇了摇头,让浓密的黑发挡住一部分脸,又把双手塞进袖子里,仿佛它们是缩在壳里的海龟脑袋。我转向左边,避开那个男人的视线,想象他只能看到我的一大团头发。但我的身体依旧暴露在那视线下。我就这么站着,闭着眼。等我再次睁开眼、转过身时,那男人已经不见了。

十点后,我回到工作室。听动静,楼里似乎没有人了,走廊唯有我走动的脚步声。我用钥匙打开 A14 的门——我的新家,溜了进去。门发出很响的哐当声。房间里弥漫着一股陌生的味道。我觉得自己很渺小,仿佛我已被这座城市打败。外出一无所获。除了肚脐和脖子上的小伤疤,我身上没有任何能把我与我妈妈、与在马盖特的生活联系起来的东西。黑暗中,唯有我的肚子咕咕直叫。

2

有一种植物叫水晶兰，通体晶莹，白得隐约发蓝。如果把这种花切开，你就会发现它的体内没有叶绿素。它可以在黑暗中生长，在落叶和灌木丛底生长，在土壤下生长。它是寄生植物，不需要光合作用，只需利用真菌网从进行光合作用的树木中攫取能量。它的根看起来像一簇向外探寻的细小手指，与庞大的白色真菌网相连，而真菌网又与树木的粗壮根系相连。

我不知道自己体内的人类和恶魔在哪里相连，不知道恶魔部分是否有生出小须，慢慢变长，附着在人类身上，或是人类部分附着在恶魔身上，双方依赖彼此而存在。恶魔靠我的人类身体消化的血液存活。反过来，恶魔又让我人类的心脏缓慢跳动——至少，我小时候妈妈是这么解释的。每当我想象这一场景时，眼前总会浮现一个影子般的小小生物，以瘦弱的臂膀拉动风箱，泵动器官。多亏了维持血液循环的恶魔，我人类的部分得以延续，人类父亲遗传给我的一些人类特征也得以保留：微微佝偻的体态，肩膀防备性地前倾而不是舒展地打开。妈妈说这种姿势源于我内心深处的不安全感——这也是人类父亲遗传给我的。我的思维方式跟他一样。他是完美主义者,专注于他感兴趣的话题,而对他不感兴趣的事情却难以投入。我的焦虑、害羞、笨拙都和他一样。我也经常想起我的恶魔特征,比如我锋利的牙齿,比如我一旦成人就再也不会变老的容貌,比如我的冰冷、易饿、易怒的暴脾气——我总觉得这些是我从母亲那儿继承的仅有的东西。但其实,我也继承了她的部分人性,只是那部分人性更难以和恶魔部分割离。

我会做梦,是因为我人类的部分睡着了。睡着的时候,我的恶魔部分依旧清醒,常常还会感觉到一些人类情感之外的感受,远超人类的愤怒或饥饿。但人类身体被睡眠麻痹了,令恶魔的那一半无法随性而为。恶魔的部分只能支配我的梦境。昨夜,在梦中,科拉工作室着火了,即便没看见,我也知道整个世界都着火了。树木被烧成了木炭,一根根立在那儿,一被触碰,就碎落一地。昨天带我参观的本,从楼上逃进我的工作室,工作室里又黑又冷,他的皮肤被烤得通红,嘴巴因痛苦而张大。我握住他的手,他倒在我的身上,低声说了几次:"我好饿,我好饿,我好饿。"接着,我吃掉了他。

我躺在工作室的地板上。从今天开始,我就要在巴特西的OTA画廊实习。画廊的昵称是"水獭";不过,OTA实际上代表的是奥斯蒙德(Osmund)、托特(Toth)和赤木(Akagi),这三位创始人是20世纪60年代的激浪派有关的实验艺术家。赤木智江以击败白南准成为第一个在鲸鱼体内创作艺术的人而闻名于艺术界。不过，我并不认为白南准是真想在鲸鱼体内创作。他的作品《潜入活鲸的阴道》是关于如何创造一种不可能之存在的行为艺术，这种艺术无法被实体化，只能存在于观众的脑海中，甚至连存在于观众的脑海中也不可能，因为没有观众（这个作品只是被写了下来，以文字形式呈现），只有读者。若是读了文字说明，读者定会想象自己如何在鲸鱼未曾注意之时割开鲸鱼柔软的肉体，打开一条通道，走进去，穿破她的处女膜，爬进她的子宫。我第一次读到这些描述的时候，不知道该作何感受，只记得当时在想：呵呵，当然了，他选了一只雌性动物，当然了，他想让我们趁她未注意时进入她的体内。我不知道这个作品有何意义，可能只是为了让人震惊。后来，在食用鲸肉的斯堪的纳维亚某处搁浅了一条死鲸，赤木把自己缝进了那条鲸鱼的腹中，自此，他就以打败白南准而闻名遐迩。与其他激浪派艺术家不同，赤木的作品并非完全是虚无主义的。他给鲸鱼写了一封长信，为他那一代人对环境的破坏道歉，并亲手将长信缝进了鲸鱼的胃里。

有人敲门。天色依然很黑。我穿上昨天穿的衣服，身边也只有这套衣服了，肩膀处和胳膊后沾了些地板上的灰尘。我从包里拿出一件针织套衫穿上，打开门，门外是本。

"嘿，你好呀。"他说，好似他在为我说话，也为他自己说话。他微笑着，嘴唇异常粉红。"那个，"他说，"我给你买了这个!"

我把门拉开了些,他走进来。我注意到他的眼睛扫视了一下房间。在昏暗的灯光下他眯起眼睛,眨了好多次。多半是觉得奇怪吧,毕竟我昨天才说会把我所有的东西都搬进来。他看着我的脸,笑了起来,递给我一株植物,那东西长着棕色、粉色的茎,以及柔软的暗红色叶子。

"噢!"我说。

"你这儿已经有了一个钩子,看见了吗?"他指着一个从天花板上伸出来、差不多有我手掌那么大的金属钩子说。

"嗯。"我之前没有发现这个钩子。钩子被漆成了和天花板一样的白色,几乎融为一体。我抬头看它,琢磨这是干什么用的。

"嗯,这是给你买的礼物,想欢迎你,也可以稍稍装饰一下房间……"门关上后,四周已陷入彻底的黑暗,他问:"你的头还疼吗?"

"不疼了,"我走过去把灯稍微调亮了些,然后指了指自己的脸,憋出一句,"我只是光敏症,眼睛的小毛病。"

我低头看着手中的植物,很漂亮,叶子从花盆里倾泻而出,宛如发丝垂落。"这个植物不会死吗?"我问,"这里又没有窗户。"

"嗯,它其实是假的,"说完,他就自顾自地笑了起来,"要不然我……"他指了指天花板上的钩子。在那一刻,他看起来就像达·芬奇笔下的人物:脸部饱满而白皙,红发顺滑,眼神温柔。除了年龄，此刻的他颇像达·芬奇的肖像画中手指天堂、如小天使一般的模特。本就那样指了一会儿，继而我的幻觉就被打破了。

"好，谢谢。"我说。

本咧嘴一笑，眼睛眯成两条线，旁边点缀着尚未变成、但我敢说之后绝对会成永久皱纹的鱼尾纹。几年后，本的皮肤上就会出现皱纹，这些皱纹就成了他的个性和本性的某种象征。而我，我将永远不变，从我的脸上根本看不出我是什么样的存在。看着本老去的脸，人们会说："那个人看起来慈眉善目的。"看着我的脸，他们什么也说不出。

我先给本拿了一把椅子，结果他用了三把椅子，一把叠一把地放在桌子上。我扶着椅子，他爬上去，竭力把盆栽的环挂到钩子上。"我通常会给新来的艺术家送……"他一边说，一边把身体往上抬，踮起脚尖，拼命伸展身子去够，忍不住弄出了一些声响，"送一些可食用的植物，比如香草、西红柿，还有，你懂的，蘑菇，所以……"本沉默了一会儿，专注挂盆栽，挂上后，那株植物摆起来，漂亮的叶子落在本的头上。他的双臂垂在身侧，脸粉扑扑的。"抱歉，我是说，"他直视着我的眼睛说，"我通常会给新来的艺术家送一些可食用的植物，这样我们在那'地方'聚餐的时候，大家都能带点自己种的蔬菜。"

"真不错。"我笑了，本回之一笑。在那短短一瞬，我们俩就那么面对彼此，微笑着。

"我想，我最好还是下来吧。"本说，说得像他喜欢站在上面似的。

他差点从最顶端的那把椅子上滑下来，慌乱间抓住我的胳膊，他的手很烫。我突然忆起自己的梦，忆起自己的饥饿，我感觉胃在打结，在被挤压，嘴巴张开了，不受我的控制。

"呼呀（oop）。"本说。一个漏掉了"s"的"哎呀"（oops）。他立马把手拿开，说："对不起。嗯，我想说的是，你会解脱的*。呼！""呼"在尾声响起，他补上一句："没想到还来了个双关！"他大笑起来。我也笑了起来。他在椅子上笑得摇摇晃晃的，那模样还真有点滑稽。

"怎么说呢，我是个诗人，"他说道，"嗯，算不得诗人，那样能算诗人吗？"他问我，脸上露出一种单纯的好奇。

"什么算不算诗人？"我问。

"嗯，创造双关语的人？"

"噢，那我觉得不算。"我说。

本坐在叠在一起的椅子上，从椅子边缘滑下来，随后从桌子上跳下来，跳到地上时他还跑了几步。"好了，"他往门口退了几步，轻轻喘气，我能看到他的胸膛在上下起伏，"看起来很不错，你觉得呢？"

"是不错。"即使是盆假植物，挂在一个没有自然光的空

---

*　此处原文为 you'll be let off the hook，有摆脱困境之意，又与前文的钩子（hook）对应。

间也稍显奇怪。

本歪着脑袋，皱着眉头，说："房间空荡荡的，我觉得看起来有点奇怪。"他环顾四周，问道："冒昧问一下，你的东西在哪儿呢？比如你的作品呢？你昨天晚上不是说要把东西都搬进来的吗？"

"是。"我点了点头，低头看向自己的背包，接着又看了看地板。地板上有一台打开的笔记本电脑、钱包和手机，背包里一个速写本和一本关于策展伦理学的书探出头来。"是的，就这些了。"

"这就是你全部的东西？"

"对。"

我不想跟他说起行李箱的事情。那听着有点可悲。我不想让他同情我，而是希望显得眼前这情况是我有意为之的。"我不想带太多东西，"我说，"我在努力做个不那么物质的人。"

本貌似大受震动，眉毛一挑，点点头："真酷。"他的两只脚在原地来回挪动，重心先是放在一只脚上，继而又放到另一只脚上，不断切换。"嗯，"他脸涨红了，"我想问一下，你今天想不想出去玩，或者这周的其他时候？我有个工作快到截止日期了，但我很乐意拖一拖。"

"想，"我说，"但今天我就要去实习了，可能会很忙，我不知道在开幕式之前能有多少空闲时间。"

"别担心，沙克蒂在那儿实习的时候也很忙，他们给你排了时间表吗?"

我摇摇头。

"那就随时联系吧,我大部分时候都在这儿。"他笑了笑,又用大拇指指着门,"我应该……"

"嗯,谢谢你的……"我朝着那个盆栽点点头,意识到本不把话说完的方式已经影响到了我,这让我有点恼火,"植物。"我硬是把话说完了,但听起来很奇怪,像这句话被我硬添上了什么东西似的。

"你知道的,这很……"本耸耸肩。

我点点头,其实在想这句话会以什么结束。当我试着结束这句话时,脑海里浮现的第一个词是"孤独"。我不知道他是否意识到我很孤独。我想知道这是不是他来看我的原因。

"不管怎么说,你得保证每周给它浇三次水,时不时转一下花盆,让每一面都晒够太阳。"本咧开嘴,露出一个大大的傻笑,不仅能看到他的大部分牙齿,还能看到他呈粉色的、健康的牙龈。口水开始流了,我赶紧咽了下去。

"哈哈。"我说。

"我一整天都会在这里,"本说,"可能会待到很晚。"

"好。"

接着他走到门口,离开了。

我把椅子拿下来,但桌子我没动,依然摆在假植物的正下方。我把叠在一起的椅子分开,坐在其中一把上,笔记本电脑放在面前,开始搜索"如何网购猪血到伦敦"。

我以前从没做过这样的事情。妈妈总会替我们俩解决吃的问题。我也多少承担了些责任,但妈妈早已和当地的屠户熟络了,我要负责的不过是拖着一个可折叠的手推车去取货,若要取两桶以上,就再带上一根弹力绳。等待时,屠户总会和我聊天,问我上学或从家通勤上大学的事情,还会问起妈妈的病,问她情况怎么样。

我们只买猪血。这倒不是因为屠户只卖猪血。"猪脏得很,"妈妈曾经说过,"你的身体就配这样的脏东西。"但猪并非天生肮脏。相反,是人类将猪圈养在肮脏的环境中,给它们喂食腐烂的蔬菜,任由狭窄猪圈里的泥土与猪的粪便混合在一起。猪的污秽只是人类罪恶的象征。野猪会吃植物,甚至会先在溪流里把水果清洗干净再吃,它们可从来不吃自己的粪便,也不在粪便里打滚。我把这些事告诉了妈妈,但她仍然坚持猪就是最肮脏的动物,也正是我们应得的。我一直是喝猪血长大的,从没碰过别的物种的血,只是想过、梦过、猜过。

记忆中,只有一丝某种别的东西的隐约味道。那东西离我很远很远,来自很久很久之前,甚至与我此刻的生活没有关系。那东西很古老,近乎一种代代相传的记忆。那是人血的味道,更确切地说不是人血的味道,更像是摄入人血、胃里留有人血的体验。

我知道妈妈在怀我的时候曾经吃过一个人,她从没说过那人是谁，只是把这件事称为"失误"，还因此责怪我，怪肚子里的我令她倍加饥饿，令她觉得自己需要比猪血营养更丰富的能量。我想知道尚在子宫里的自己是否记得人血的味道，是否记得摄入人血的感觉。有一次，在我十几岁的时候，我曾划破自己的皮肤，吮吸伤口，希望自己吃进去的猪血能在血管里化成人血，希望能尝到记忆中的那种味道。但那血尝起来和平常的晚餐没有什么不同，吃完之后也没有引发什么不同的反应。

在那之后，我搜索过"婴儿是否与母亲共享血液"的相关信息，想确认自己体内是否有过完全属于自己的、未曾污染的人血，结果显示："脐带将未出生的婴儿与胎盘连接起来。婴儿发育所需的营养、氧气和生命支持都是通过胎盘和脐带中的血管，由母亲的血液输送给婴儿的。"读后，我又愤怒又失望——这意味着我更像母亲而不是父亲，更像恶魔而非人类，意味着在出生之前，我就是一个邪恶的、有罪的造物。我不知道吸血鬼怀孕是怎么一回事，不知道最初的九个月里我是否待在一个近乎死亡的子宫里，浸泡在腐臭的羊水中，亦不知道自己体内的子宫是不是吸血鬼的子宫，能否孕育生命，毕竟我自己还是个婴儿时就被转化了。我从未来过月经，而妈妈说她自己也不怎么流血了，即便流，也是断断续续的，仿佛永远滞留在拥有生育能力与更年期的边界上。

这段对人血的模糊记忆，现已变成看见人类血管和颈子时的一种发自内心的生理反应。颈上的皮肤和人体其他地方的不同，如同包裹糖果的米纸一样纤薄，唾手可得。与别处相比，颈子上的皮肤近乎空白，就跟一张昂贵的书法用纸或是冷压的法布里亚诺纸似的，在求着你往上面做个记号。我常常在想，自己创作艺术的冲动，是否跟我想吞噬、摧毁人类颈子上那片空白的冲动是一样的。在艺术学院的时候，我读到过17世纪艺术家用过最好的纸是用羊胎皮制成的。这种皮柔软，吸水性强，表面纹理均匀。长久以来，艺术创作的过程总是与杀戮活物联系在一起。我爸爸在画画时，甚至会用上好的丝绸来缠绕木制画框。曾有一次，在家里还有他的数件作品时，我一看他在巨大纸面上创作的奇怪几何形状，就想到了蚕，想到在尚未化为蛾子时它们的茧是如何被一一撕开，只为将它们吐的丝取出。

我搜索伦敦的猪血外卖，跳出了五个广告。第四个是一个瓶子的标志，见此，我感到一阵兴奋。那是一个盖着红色瓶盖的不透明的白色塑料瓶，隐约可见瓶里装了深色液体。我点击链接。但当页面加载时，我注意到了网站的名字，"冷脸恶作剧商店"，以及描述"宛如真正鲜血般的醇厚红酒"。我点击返回。另一则广告里是一款用于特效化妆的"血液"，叫作"活血"，另外还有一款"血浆"，一款"血膏"。我还找到了一个论坛，有人问是否能在英国采购新鲜猪血。他们在帖子中解释说他们想做优质香肠。所有的回复都附上了禁止屠宰场或屠户出售新鲜血液的各种规定。这么看来，大概是马盖特的屠户破例了。这倒不出奇，那镇上有好一阵子没人好好管事了。但在我跟妈妈离开的一个月前，那屠户也关张了。她说是因为伦敦游客太多了，镇上的租金一涨，她便无力负担了。我们赶紧囤了几桶血，跟她道了别。

我靠在椅子上，头往后仰，看着天花板。这是我活了23年来第一次独自生活，第一次自己照顾自己，像人类一样。没有妈妈在家等我，不管是病了的她还是健康的她。身边没有我的东西，也没有妈妈的东西。这种生活才刚刚开始，就已经比我想象中要难多了。虽然我喜欢挑战自己的极限，但我从未想过会在实习第一天就买不到血液。我原本只是打算感受一下饥饿带来的快感，继而把冰箱填满，在家正常饮食，在画廊学习要怎么运作画廊，跟即将共事的人认识。我吃力地抬起头，把胳膊伸直，放在桌子上，把头靠在上面，让笔记本电脑的屏幕与脸齐平。口水已经流到了袖子上，但我毫不在乎：我天生就这么恶心，多一点点口水又有什么关系呢？

我就这么靠着，艰难地浏览其他的搜索结果：用于制作黑布丁的干猪血，用干猪血制成的整包黑布丁，批量购买干猪血。最下面是食谱：血肠土豆泥、炖牛肉、火锅、红薯团子配黑布丁和花椒。利兹一家豪华餐厅的菜单也跳了出来，其中一道开胃菜是干猪血和蜗牛蛋。人类真奇怪，我边看边这么想。我还发现有两家生物科学实验室在向研究者出售小瓶和大袋的新鲜血液，网站上没写会卖给艺术家，但问问也无妨。为了了解价格和定期送货到伦敦的情况，我填写了询价表。"你好，我是一名行为艺术家。"我开了个头，发送信息，随即就收到了自动回复，说该网站已永久停用。最后，我决定买一些干猪血，便找了一家出售有机产品与 RSPCA[*] 认证产品的供应商。确认订单的邮件发了过来，告诉我明天货会送到工作室。

我太累了，不知道为什么，但那不仅是饥饿那么简单。身体沉重得很，一切都很沉重，甚至工作室里的空气都变得很沉重，压得我只能往最近处的平面上贴，比如此刻我胳膊搁着的桌面，比如此刻我正坐着的椅子。但即便是坐在这椅子上、身体瘫在桌面上也不够舒服。我刻意维持一种软绵绵的状态，像果冻一样从座位上滑下来，宛如黑白电影里昏倒的女人，结果狠狠地撞上了混凝土地面。一种隐隐的疼痛传来。若我是一个完整的人类，我所感受到的疼痛只会比这加倍。疼痛从我的臀部蔓延开来，传至我的手臂，贯穿我的肩膀。我翻身，仰面朝天，把头发当作枕头，手臂向两侧伸展，腿也向两边张开，这样我看起来就像一颗星星。胃里涌起一阵恶心。我知道是因为我饿了，但不仅如此，还有别的什么。

无论什么时候，只要我的生活一做什么计划，比如说去见朋友，去学校，去参加大学旅行，去散步，或者像今天这样开始实习，等到了计划要实施的那天，我原本为之兴奋的事情就会变成令我害怕的东西。如果我计划一周后去看电影，

---

[*] The Royal Society for the Prevention of Cruelty to Animals，即皇家防止虐待动物协会，于 1824 年在伦敦成立。

等到了该去的时候，看电影就成了我最不想做的事情。我的本能反应总是待在家里。一如现在，即便我早在脑中做了精细的计划和充足的准备，我也并不想去水獭画廊，只想躺在混凝土地面上，看着天花板。我也绝对、绝对不想见人。这么独自待在这房间里，就觉得要出门见人这一想法很奇怪，完全不自然。

我转过头，盯着我的手。再过几个小时，这只手就会握住另一只手了，这具身体就会出现在其他身体面前，被他人的目光凝视。这双脚将踏进一个不熟悉的空间。一切都很难想象。一想到我很快就要面临的未来，我看到的并非一系列平稳、顺序过渡的事件，而是各种场景一闪而过：自己站在工作室外，自己走在一条繁忙的路上，自己站在沃克斯霍尔地铁站的售票处，自己坐在地铁车厢里，自己站在画廊的LED灯下。难以置信，这一系列场景就这么从我眼前闪过，看不到画面间断开的部分，仿佛我的大脑无法正确地理解时间，无法理解我在这些时间里的行动。在我十几岁的时候，我问过妈妈这些感觉从何而来，她说我这只是"焦虑"，但这种感觉更像是我的大脑出现了生理性问题，抑或我这一存在出现了本质性问题。体内的恶魔可能是一只离群索居的动物。在流行文化中，像我这样的人总是和蝙蝠联系在一起，倒也恰当。我可以想象自己在这个工作室里倒挂几个小时，嘴里流出白色的唾液，到了晚上就独自飞翔，在空中捕虫。

在原处躺了大约两小时后，我站了起来，感觉自己的身体仿佛是个木偶。我不知道是我的哪一面——究竟是恶魔还是人类的一面，想让我去画廊，想强迫我站起来。定是它们中的一个在迫使我行动，而另一个则不情不愿。我把仅有的几件随身物品装进背包，在袜子里放了些现金，以防背包不小心丢了，又给暴露在外的皮肤统统抹上防晒霜，就离开了。走出去时，我还看了看楼里的邮箱。工作室没有门铃，这可能会让我明天到货的干猪血签收起来有点不便。楼里只有一个公共邮箱，跟小隔间似的，没有带锁，只有一扇门，被风吹得开开合合。

我到了水獭画廊，前门紧闭，没有人开门。这就是我一直害怕去新地方的原因：被困在外面。我贴着墙，尽可能站在阴影里。我用力敲了敲门，但没有敲得太大声，因为不想显得自己跟疯了似的。旁边的墙上也没有门铃之类的装置。

我是在上周收到实习邮件的，当时我正在整理妈妈的东西。我找到好几箱自己婴儿时用的东西，多得吓人，应该是妈妈把所有东西都留下了，甚至包括我婴幼儿时期的连体衣，全都整整齐齐地叠放起来，还有我学习三原色用的小木制玩具。对正常人类来说，童年几乎占据了他们人生的四分之一，但我将活上几个世纪，我的童年终将变成地平线上的一个小点。只有在那一段短暂的时光里，我能算个融入社会的正常人，能与朋友同时经历种种同样的变化。我一直都知道自己的生长会停止，停在身体状态抵达巅峰的那一刻。妈妈曾经跟我说过，在巅峰之后，我的身体就会停止发育，不会改变，不会衰老，而我的朋友会一步步走向死亡。即便如此，小时候的我依旧期盼成年，而现在我成年了，又期盼回到小时候。如今看着自己婴儿时的用品，我内心涌起的唯有渴望，渴望自己能重返童年，重新关注自己身上的每一个微小变化。我把那些婴儿衣服跟玩具都打包了，准备捐给慈善机构。在那一刻，画廊感觉与我的当下如此遥远，以至于我都懒得去看那封邮件。此刻我才拿出手机，浏览收件箱。

这封邮件来自画廊的总监，一个叫吉迪恩的男人。虽然邮件是寄给我的，但我可以看出这是一封群发给实习生的邮件，因为我名字的部分和其他部分的字体略有不同。邮件写道："很荣幸能邀请你加入我们的项目，第一天请于总接待处报到，接待员会派人下来接你。"最后落款是"致以诚挚感谢"。写得挺不错的，但邮件里没有关于如何进入大楼的信息，附近也见不到人，没有员工，没有实习生。我在谷歌上查了一下 OTA，点击出现的数字，这时我才意识到上面写着"关门。周二中午 12 点开放"，也就是明天才开。

"有人吗？"应答机那头传来一个声音。

"你好，"我说，"我是 OTA 的实习生，想进入这栋大楼，但这里一个人都没有。"我说。

对讲机那头顿了一下，然后说："你是……莉迪娅。"

我等着那个人告诉我如何进入大楼，但他没有。"是的。"我应道。

"你长什么样?"那个声音问。

"哈?"我说,"这里不是画廊吗?"

"是画廊。"

"好吧……"我说着,从门口往后退了几步,退到阳光里,想看看能不能望到窗户。"黑头发,深色皮肤,以及我是个女孩?"

"是女人。"那个声音说。

"你说什么?"我问。

"你是个女人。如果你成年了,就不该说你自己是个女孩。"

"哦,你说得对,对不起。"我说。之前有些男人会叫我"女孩",让我觉得自己受了轻视,有种被看轻、被贬低的感觉。但从来没有人因为我自称女孩而斥责我。这种感觉很奇怪,就像有人在说我既是性别歧视者,又是性别歧视的受害者。那一刻,我第一次思考我看待自己的方式。我还没有把自己当成女人。毕竟,我看起来还是18岁,恰是人生中真正介于女孩和女人之间的年龄。但奇怪的是,在我的余生中,我会一直保持18岁的模样,哪怕我100岁、200岁,甚至更老。正因如此,我没觉得自己完全是个女孩。

"行吧,我能看到你在外面。"那个声音说。我开始担心自己穿得太邋遢了,但那人并没有提起,只是问:"穿绿色上衣的那个?"

"对,那就是我。"我抬头望,但窗户后没人。

"朝我挥挥手?"

"好的。"我朝大楼的大致方向挥了挥手,突然间电话断了,门发出一声响亮的嗡嗡声,开了,我走了进去。

室内灯光很暗,走廊里悬挂着一长串黄色的灯泡。入口附近放着成堆的椅子,还有一袋袋看起来已经开始融化的冰块。我往里走,左手边是一个木偶剧院,上面画着红、绿、黄三色条纹。

"你好,打扰一下。"我对一个拎着大箱子的女人说。她转过身来看我。我惊讶地看到她的眼白是粉色的。她看起来像是刚刚哭过,鼻子红红的,皮肤上长着斑点。

"你好,"她说,"不好意思。"说完,她就跑到走廊尽头那大片红丝绒帘子后去了。

这次展览的主题是民间艺术,整栋白色方块建筑此刻被装点得近乎一个马戏团。墙上满是奇怪的壁画。与我的脑袋齐平的地方挂着画,画里短吻鳄在吃飞人,而飞人又在吃更小的短吻鳄。大大的陈列柜里摆着维多利亚时代著名的动物标本制作师和艺术家沃尔特·波特的作品。一群红毛小猫正在享用盛宴,即便它们早已死去、被干草填满,就那么搁在微型餐椅上,旁边再摆上小蛋糕、茶壶和茶炊,也能看出它们本属于同一窝。它们的眼睛很漂亮,黑黝黝的,像一颗颗反光的黑色大理石。猫咪旁边是沃尔特·波特的另一个作品:在一个微型教室里,兔子们正在课桌上孜孜不倦地做作业。

我很激动，很多年前我就知道这些作品了，还为了拿到高中文凭学过它们。在照片中，它们看起来又干净，又不真实，一旦近距离观察，我可以看到这些动物皮肤上的小凹痕，那是原本附了肌肉的地方。我能闻到它们体内残留的微量血液，哪怕那血已历时百年之久。

一个男人从我身边跑过。他抄起一个巨大的冰袋，扛在肩上，穿过女人刚刚穿过的那道帘子。我跟了上去。

穿过帘子，是一个很大的厅。里面有长长的宴会桌，上面堆满了大量的杂物：一盒盒钉子和螺丝、文件、干花，用绵纸包裹的盘子。有人正站在一个升降机上锯木头。一个男人正在后面画壁画。还有人在调试灯光，一会儿变亮，一会儿变暗，继而又变亮，又变暗。

"嗯。"我对一个朝我走过来的女人搭话，她迅速摇了摇头，冲了过去。她的头发拂过我的脸，我闻到她发丝的味道。

我走到角落，站在一个转动得极为缓慢的旋转木马前。一旁有两个男人正在讨论着什么，边说边点头。但当他们看到我时，两人停了下来，其中一个男人走开了，还不忘瞥我一眼。

"你好。"我对站在旋转木马旁边的人说。

他点了点头。

"请问接待处在哪儿？"我说。

"行吧。"他把手中的长柄簸箕和刷子靠在墙上。他比我稍微高一点，身材瘦削，面庞干净，皮肤极其苍白，眼睛又大又湿润,一对虹膜看起来像两个肮脏的池塘。他盯着我的脸,看了好一阵,久得有些不太正常。

"你是什么人?"他终于说话了,边说边在裤子上擦了擦手。有一瞬间,我觉得他肯定知道我是实习生,便眨了眨眼睛。"又一个实习生吗?"他问道。

我说:"嗯,对。"

他指了指门。我穿过门去,他跟在我身后。

我们沿着一条黑暗的走廊走了一会儿。"接待处在另一边。"身后那男人说。他根本没问我叫什么,所以我也没问他叫什么。

"你也是个艺术家吗?"我问那个男人,试图和他攀谈,但转身只见他摇了摇头,问:"你呢?"

"嗯。"不过说起这个,我有点惭愧,因为自从毕了业,我就没有创作过什么作品。毕业后的整整一年我都待在家里陪妈妈,为她操心,护她安全。那算不得我的生活,只是从我的生活中暂且抽身,专注于料理妈妈的生活。而现在,我还算不得一个独立的成年人,但我希望能成为这么个人。我还算不得艺术家,但我希望能成为艺术家。

"哦。"他挨着我走,狭窄的过道只能勉强容下我们两人。我拿不准他是不是希望我能放慢脚步,让他走在前面,还是希望我走快些。我瞥了他一眼,他一袭黑衣,穿着一件高领衬衫,几乎把脖子都遮住了。在我看来,他就像个普通人想象中的吸血鬼。

一看到接待处，那人就转过身，沿着我们来时的路往回走。

"回头见。"我在他身后喊，但他继续往前走，没有应声。

接待员没怎么理会我，只是喊住一个涂了鲜红唇膏、身穿绿色外套的金发女人，说："又来了一个你的实习生。"那金发女人摇摇头，只当我不在这儿，说："来这么多是要我干吗？"接待员耸耸肩。

我跟着那女人穿过走廊，回到大厅，穿过红色帘子，经过壁画和沃尔特·波特的作品，来到入口附近的木偶剧院。她走得很快。在沃尔特·波特作品前，她猛地停下脚步，提高声音给一个胡子修剪齐整的瘦削男子发出了指令："给吉迪恩买杯咖啡。不加奶！现在就要，快！快去！"她紧张极了，看着自己的手机，拇指在屏幕上飞快地划动。

"好吧，"她看着我，最终问道，"你能不能守着售票亭还是什么的？"

"什么？"

"别喝水！任何情况下都别喝！"她看着我的包补充道，"包里面有什么？"

"噢……"

"快说！"她说。

"没什么，就书、钥匙，可能还有一件针织套衫？噢，还有我的钱包，不过有些现金，"我指着自己的脚，"我放在了短袜里。"我不知道自己为什么要告诉她这些。

她生气地摇了摇头。"那你就不能快点吗?"她说,"快进去。"

"进哪里?"我问。

"进售票亭里,就是那个木偶剧院。快进去!进去!"然后她用手搡我,直到我打开售票亭一侧的小门,门后便是所谓的后台。

"好的。"进去前我看了一眼售票亭前方。舞台上用明亮的深绿色和蓝色颜料画了一个标志,上面写着:"独家展览!重击与重殴!海边极致乐趣!"

"好好守!"女人说完,又叹了口气,穿过红色的帘子,和几个背着乐器盒的人一同离开了。

"别挡道!"我听到那个女人在喊。

我关上身后的小门,坐在里面的小木凳上。舞台后放不下我的双腿,我只能笨拙地向上屈腿,膝盖被迫挤到了肚脐上方。走廊里很安静。我打量周围。

面前的舞台是小块的木制地板拼成的,地板上有些部分的漆已经被磨掉了,像是打了小补丁,我猜是因为木偶的脚在那几处踩得勤。还有一个小小的活板门。手套木偶被悬在舞台四周。其中有潘趣和朱迪,潘趣拿着一个比他的体型大得多的木制球棒,而朱迪的脸上被描画出惊恐的模样,她注定一辈子都挂着这表情了。三个顶着塑料脑袋、套着毛毡服装的木偶像一束花似的,被绳子捆在一起,挂了起来。它们分别是国王、王后和魔鬼。

眼前的展览中，有些艺术品只带了写有艺术家名字的标签。有些作品只标了"原住民工艺品"几个字。"工艺品"这个词显得比"艺术品"要低一个档次。至于其他的，像这些木偶和这个展位，根本没有标签。走廊对面的墙壁上，悬挂着锡片剪成的亮色字母拼出的"民间艺术"几个大字，以示这是人民创作的艺术。只有部分艺术家会被标榜为独立的个体，其他人则只是集体中的一部分。木偶就是木偶，仿佛它们不是被什么人类个体造出来的。它们只是挂在那里，没了人手的操纵，显得更加突兀、可悲。我把自己的手依次伸进每一个木偶，先使国王的小手臂动起来，然后是王后，最后是魔鬼。

有一个木偶看起来和其他木偶不一样。它被塞在售票亭的角落，从外面看不见。木偶是女性，模样稍显奇怪，穿着深色衣服，顶着一个用木头刻的、又大又沉的深色脑袋。她是一个手套木偶，腿自然是没有的，头发跟我一样乱蓬蓬的，还长着大大的鹰钩鼻和宽下巴，挤得她的嘴巴都差点看不见了。她的模样很丑，但不知为何，我被她吸引了。我把她抱起来，放在大腿上，把手滑进去，大小刚刚好，拇指和小指恰好成了她的小胳膊，中间三根手指把她的脑袋部分塞得满满当当的。

"就只剩你和我了。"我低声对她说。

"好！"我想象她热情地回答，"我们会好好干的！"

我在舞台下面一个看似抽屉的小隔间里找到了一卷票，我把票抓在手里。这些票其实就是抽奖券。每张券上都印了一个大大的数字。我一只手拿着它们，另一只手举着木偶的头。

画廊的这一侧似乎比其他地方安静些。偶尔有几个人从红色帘子后钻出来，在前门拿点东西，接着又从门缝里消失了。有四回，人们从前门进来，有那么一瞬我满心以为他们会朝售票亭里的我走过来，或是问声好，或是问我实习生应该去哪里，但他们只是径直穿过红色帘子，似乎根本没有注意到我。而我只是静静地坐着，努力让自己显得专业一些，一边紧紧抓着票，一边对每个人微笑，甚至会对他们的后脑勺微笑，即使他们看都不看我。

有一次，一个男人从红色帘子后冲出来，帘子碰到他的脸，他赶紧用手拍开，像是觉得帘子很碍事似的。我一眼就认出了他，正是带我去接待处、看起来像吸血鬼的那个人。他身后紧跟着一大群人，大家围着他，手拿各种东西，貌似都是他的所有物。有人在记笔记，而那个给我指示的金发女人在他耳边低语。男人偶尔点头，回应她说的事情，接着给周围其他人下命令。有几个人穿过帘子走了，剩下的人留在他身边，而他则弯下腰，透过玻璃看着正在举行茶话会的小猫。最后，这群人沿着走廊走到我这儿，走到这售票亭或木偶剧院或其他什么说法，面对我。我张开嘴，正要说话，但走廊另一头有人截住了我的话头："对不起，吉迪恩。你的咖啡来了。"人群中的一个人匆匆走开，再把咖啡端给那人。那人接过咖啡，谢都不谢，只是转过头继续看我。刚刚我没有意识到，但现在我知道了：这个人就是画廊的总监吉迪恩。我之前见过他的照片，但他真人看起来和照片很不同。此刻，他用一种奇怪而冷漠的表情看着我，仿佛我人不在这里似的。

这种感觉很奇怪。我紧紧地攥着票，准备把票递出去。我面带微笑，盯着前方，等待那群人开口，但吉迪恩只是看了我一会儿，而那个金发女人一直在他耳边低语。接着，他点点头，转过身去，所有的人都跟着他，一同消失在帘子后面。我不确定自己是否通过了测试，甚至不确定这是不是测试。如果是的话，我可能是通过了？如果我没有通过，也许吉迪恩会摇个头，甚至做些暴力的事，比如抓住我所在的售票亭，使劲摇晃。我无法百分之百确定刚刚他是在测什么，但即便困惑，我依旧隐隐为自己感到骄傲。

我感觉自己在售票亭里坐了好几个小时。我很瘦，屁股上也没什么肉，无论是坐什么椅子，最后都会屁股疼，自然很难以这种隐约的疼痛判断时间过了多久。但我肯定坐了有一会儿了，因为许久后门口走进一个男人，把几箱看起来像是空酒瓶的东西放在门边的地板上，这时，我看见外面的天已经黑了。在门再次关上之前，在门和墙的缝隙间，有那么一瞬，我瞥见了月亮。

"你还好吗？"我问木偶。

她静静地躺在我的腿上，内里空荡荡的，一旁摆着我的手。我把头靠在售票亭一侧,觉得很累,头有点疼,肚子又饿得咕咕直叫。

这份实习工作跟我想象中并不一样。职位描述上说我将跟随一位策展人,学习有关画廊管理和策展的知识。如果在实习期间表现优异,我甚至也可以在策划时融入自己的一些想法,甚至还可以拿一点相应的报酬。几个月前,我去了圣詹姆斯公园附近一间非常漂亮的办公室,据说 OTA 画廊在备展时他们就会在这儿办公。一位和蔼的女士面试了我,询问了我的工作情况,像是真的感兴趣似的,还说我一定"会给机构带来价值"。办公室的墙上挂着漂亮的自行车,车架纤细,女人的手上戴了漂亮的珠宝,当时我还心想,在那个房间里占有一席之地,也许会是我朝着开拓自己空间迈出了又一步。

我端详着大腿上的木偶。她有一张极具特色的脸。我决定以我的名字"莉迪娅"给她命名。我从舞台上往外看,稍微低下头,这样就可以从木偶的角度看世界。"哈。"说着,我把头移到舞台左边,然后移到舞台右边,想象着脑袋里有一只手在指挥我做什么。

"喂?"从红色帘子的方向传来一个焦虑不安的声音,我立马坐起来。"售票亭里还有人吗?"是那个金发女人。她大步走了过来。当她踩在地板上时,地板上那个箱子里的小猫随之瑟瑟发抖。"你到底在这里做什么!"她说。

"嗯,"我开始说,"守着……"

"你为什么不帮忙?开幕式前还有很多事情要做!"

"我……"我说,"对不起。"

"丹!"她叫唤起来,一个留着胡子、肩膀宽阔的高个子男人羞怯地从红色帘子和墙壁之间探出头来。有那么一瞬间,他和我有了眼神交流。这是一整天以来我感觉第一次有人真正在看我。只见他纤薄如纸的脖子从衬衫立领处探出来。我嘴中口水满溢,只得把目光移开,回到那个女人身上,她已经把眼睛闭上了,仿佛厌烦得再没法睁眼看任何东西了。"丹!! 我说什么来着,能不能拜托你好好检查一下所有的阳台和房间,找找有没有他妈的迷途羔羊!! 现在就去!"

"我什么都能干,我的意思是……只要你想,我现在就可以帮忙。"我低声说,才意识到自己仿佛还在学校里似的,举着手,手里还拿着票。

"现在还有时间吗?"她说着,挑起眉毛,摇了摇头。我放下手臂,"你难道不是今天就到这儿了,只能回家了?"

"嗯,"我说,"我不知道。我想是吧,但我以为你说过让我负责把票的,我……所以我刚刚一直就在这儿把票?"

那个女人就一直没停过摇头:"老实说,我都不知道该说什么,我真的……真的不知道该说什么。"她的声音真的很高。

她穿过红色帘子,离开了。

我在售票亭里的椅子上坐了一会儿,眨眨眼睛,看着腿上的木偶,颇为尴尬,竟让她看到我这副模样:困惑,软弱,微不足道,甚至连为自己辩解都做不到。我摇摇头,让头发遮住我的大半张脸,又把那卷票放好,站起来,捡起地上的背包，头还不小心撞到了舞台。然后我打开小门，走了出去，正准备把怀里的木偶塞回原处时，胳膊和手似乎自己动了起来，好像完全不受我控制似的。我不确定是自己的哪一部分控制了我——是人类还是恶魔的部分，但我拉开了背包的拉链，轻柔地把木偶放了进去，木偶的头先进。我把她的衣服稍微拉起来一点，这样她就能放进包里了，装完后，我又把拉链拉上。

"上帝啊，我这是在干什么？"我心想。

"没事的，没事的，"脑海里有个声音在回答，"这里不会有人想念她的。就带走一晚，下次再把她还回来就行了。"

"要是被发现，我会被解雇的。"我心想。

"实习生才不会被解雇。况且他们永远也不会知道。"

我环顾四周。有人看见我了吗？沃尔特·波特作品那边有个男人，他正皱着眉头，看着一旁兔子学校的小兔子，但我可以肯定，他和今天的大多数人一样，根本没有注意到我的存在。我背着背包、带着木偶离开时还试探了一下，说："再见。"那个男人不曾回应只言片语。

3

我想做个好人。起初被迫步入成年人生活时,我觉得大多数人也是这么想的。一看到条件不如自己的人,他们就会意识到,原来他们活在这世上最想要的不一定是财富或成功,而是做一个好人。但我觉得妈妈决定不喝人血,决定不让我喝人血,并不是因为她想做个好人。我觉得她这么做,是因为她自我价值感缺失。她总是说自己不配拥有这个那个的:她不配感到满足;不配食用比猪更高贵的动物的血液,比如马,甚至是牛;她不配拥有幸福;她也不配拥有我,我也不配喝马或牛的血,也不配拥有幸福,因为我体内的一切都源于她的身体。她曾经说过:"我们永远只应给恶魔提供生存所需,决不该多出一分。我们体内的恶魔就是这样。我们吃东西只是为了让人类那部分活下去。"拒绝给予人类部分以食物就是在任由它走向死亡,而任由人类部分去死是比放任恶魔部分活着更深重的罪过。我想做个好人。我不知道这种愿望从何而来,也许是来自我爸爸,他的生命和性格肯定存活在我的内心某处。

昨天顺走的那个木偶正在我手上。我也知道顺走她不太好。但只要把她放在工作室里，就能让我感到平静和满足，不再那么孤独。昨晚，我试着在谷歌上查询她的信息，担心那是个价格不菲的木偶，或是某位著名艺术家的作品。若是这样的话，我就必须把她还回去。但我不知道该怎么搜索。我查了一下"深色木头脑袋的女性木偶"，出来了将近2 000万个结果。我也对她进行了反向图像搜索，但技术可能没那么先进，搜索出来的木偶看起来都和她大相径庭，还多是男性木偶，大多数是用浅松木雕刻的，或者有像画廊里的王后、国王和魔鬼那样的米色塑料脑袋。凌晨时分，我放弃了搜索，看了一集《吸血鬼猎人巴菲》，然后抱着木偶睡着了，木偶就躺在我的肚子上，睁着一双炯炯有神的小眼睛。

起床后，我发现手机上有三通未接来电，全是今天早晨打来的，都是陌生的号码，我本只想发条信息去问对方是谁，但那都不是手机号码，没法发信息。我躺在地板上，按号码拨了回电，手里仍然拿着木偶。

"你好，猩红果园，有什么能帮你的？"

"噢。"我说。

我坐了起来。手机插在墙上充电，所以有点不太方便。我把木偶放下来，搁在背后，好像电话另一头的人能够看到她。

"你好？"那是个女人的声音。

"你好，不好意思，"我挪动屁股，直到手机充电线不再勒着我的脖子,"我妈妈的医生应该是今早给我打电话了。我妈妈是你们那里的住客。"

"好的,"那个女人说,"照顾你母亲的是哪位医生?"

"克尔医生。"我回答。

"你先稍等一下,别挂断电话,我来看看他现在是否有空。"紧接着,那个女人的声音就被几年前的流行歌曲取代了。

我把扬声器打开,把手机放在插座盒的上面,躺在地板上,混凝土冰凉刺骨。随后我像香肠一样在地板上滚来滚去,一直滚到房间的中间,又滚回来。在曲子的副歌部分,我又滚了起来,背部贴地。我停下来,手臂举到空中,直到达成某种平衡,不用费什么力气就让它停在那儿。换作往常,每每我在等什么东西时,我都会看看手机,但手机在房间另一侧,而我舒服地躺在这一侧,也没法看了。奇怪的是,这倒也很自在。我盯着手上的血管,想知道现在自己体内还剩下多少血液,可能不多了,尽管我的血管依旧绿得跟植物的嫩芽似的。我用头撞了几下混凝土,直到后脑勺开始萌生一阵轻微的疼痛,反倒衬得我原本的头疼没那么明显了。一想象有人走进来,看到我这副模样,那人会是什么反应,我笑了起来。

"你好,是莉迪娅吗?"一个声音从我的手机里传出来。

我手忙脚乱地爬到手机旁。"你好。"我一边把手机举到耳边,一边试图关掉扬声器。

"你好,莉迪娅,我是克尔医生。我今天早上给你打了几次电话。这是联系你的最方便的号码吗?"

"是的,很抱歉,我……"

克尔医生打断了我的话:"好,谢谢你,莉迪娅。我待会儿做个备注。"紧接着是一瞬间的寂静,随后他说:"你母亲……"

我意识到他正在等我确认自己有在听。"嗯,对,我妈。"我说。

"恐怕她觉得适应这里的生活有点困难。"克尔医生的语调变了,变得异常柔和。

"嗯,然后呢?"我说。

"她的妄想变得更严重了,而且,"克尔医生清了清嗓子,"这听起来可能有点吓人,莉迪娅,但她昨天把一个护士的小臂给咬了。"

"天啊!我真的非常抱歉!"

"别,别,别,你不用这样,别放在心上。"克尔医生说,"有时就会发生这样的事,在患有阿尔茨海默病的住户身上,或是患有某种焦虑症的病人身上,所以我们已经习惯处理这类事情了。好在那护士没有见血,只留下了一些瘀伤。但我们依旧希望能帮她控制这种行为。"

"嗯,"我说,"好的。"

"所以,这是第一次她表现出这种倾向。"克尔医生听起来像是在做笔记。

"对。"

"请别挂断电话,莉迪娅,我一会儿回来。"听见电话那头发出的声响,我把脑袋倚在墙上,闭上眼。

几年前,我妈妈被诊断为"潜在阿尔茨海默病",但我觉得她并没有患上这种病,也不认为吸血鬼会得这种病。对我妈妈来说,问题在于心理,在于她的中年危机,在于她遗忘了自己是谁,甚至遗忘了自己究竟是什么。妈妈尚是人类时就患上了牙龈疾病,在过去的几个世纪里,她的牙齿慢慢掉光了,一颗又一颗。最后一颗牙齿是一颗尖锐的臼齿,在某天晚上她睡觉时掉了下来,那时我大概 20 岁,次日早上,我在她枕边发现了那颗牙。妈妈说,那是她恶魔部分最后的痕迹,是上帝知道她不再主动践行罪孽,便把那牙从她嘴里拔了出来。她觉得这是一种成就,她为此感谢上帝,感谢他移除了这个诱惑的象征。但在我看来,随着那颗牙齿的消失,妈妈身上别的什么东西也随之消失了。

虽然我这辈子都没见过妈妈捕食人类,但她的利齿彰显了她有此能力。然而,在失去最后一颗牙齿后,她变得有些迷茫。细细想来,这也合乎情理,毕竟锋利的牙齿意味着我们有能力结束他人的生命,也意味着每天我们一旦没有使用这利齿,就是在主动守护他人的生命。随着牙齿的消失,妈妈就不再是一个主动选择不用利齿的吸血鬼了。她装上了用人类的软边瓷牙铸成的假牙,在那之后,她更容易忘记自己是谁,更容易想象自己是一个人类。她屡屡离开家,在马路上徘徊,找寻她童年时在马来西亚老家附近的橡胶种植园,后来是有位好心的遛狗男子注意到她看见汽车时的惊恐神情，才替她叫了救护车。

在很多事情上，我恨我的妈妈。比如她失去牙齿后，每每见到我的利齿，她便说我一定是在偷偷摸摸地施行罪孽，否则上帝也会把我的牙齿拔光。但一想到某天她会离家，迷路，再也不回来，一想到我可能会永远见不到她，就让我无法承受。所以我为她找了这个疗养院，一个我可以照顾她又不必被她限制的地方。但也许，终归是我错了。

"你好，莉迪娅，你在听吗？"电话那头的克尔医生问道。

"在。"

"抱歉，让你久等了，"他说，"通常，病人至少住院一周后，我们才会允许家庭成员探访。"

"没事的，我理解，我并不介意这一点。"我说。

"实际上，我们已经讨论过你母亲的病例，我跟其他医生都觉得，既然你母亲对适应这里的生活有困难，而且这种咬人的情况之前从未有过，也许让她和熟悉的人谈谈最好，你愿意吗？"

"哦，"我尽量不泄露自己语调中的失望，"好吧。"

"很好，那你什么时候方便过来？"克尔医生问。

我低头看着木偶的脸。她正仰面躺在地板上，双手摊开。落在她脸上的阴影像是映出了一个微笑，浅浅的笑。我转过身，不再看她。"后天怎么样？"后天刚好是画廊要求我们下午必须到的日子。我大可在那天早上走到河边，找张长凳，再给猩红果园打电话解释。

"好的,我会过来,在等候室接待你。你能在早上十点半到吗?"克尔医生问。

"哦,"我又看了看那木偶,手机屏幕的光打在她脸上,令我惊讶的是,此刻她脸上向我绽开了一个极为灿烂的笑,"你真的想让我过去吗?"

"考虑到现实情况,我觉得这是最好的安排。"

我叹了口气:"好的,好吧。"

"好的,很好。谢谢你,莉迪娅。那我们到时见。"

我挂掉电话。

我躺到地板上,找了个舒适的姿势,把手臂摆成一个奇怪但放松的角度,双腿相互交缠,然后摇晃自己。

有时,我觉得自己还是个孩子,就这么躺着、摇着,我可以闭上眼睛,想象自己回到曾经的床上,想象自己回到四岁时小小的身体里,把自己塞进我的旧史努比羽绒被里,想象即便自己闭上了眼睛,也能从床垫的凹陷察觉到妈妈就坐在我床上。有时,即便她没有说出口,我也相信在她眼中我是个彻底的人类。她经常看着我睡觉。很多时候,我并没有真的睡着,只是假装睡着了,躺在那儿,听着妈妈的呼吸声,想象她是个人类,想象我们像我在学校的朋友、朋友们的父母一样正常,想象我们不必为了继续活在这个社会中而憎恨自己的某一部分,想象每日早上妈妈会为我备好早餐:黄油吐司,立在杯里的鸡蛋,橙汁。但事实恰好相反,桌子上等着我的永远是猪血,每天早晨都是,日复一日,年复一年,装在我常用的龙猫形状的杯子里,杯腹是龙猫的肚子,上面有个盖子,可以保持猪血的温热,杯盖上的凸起是龙猫向上翘起的小耳朵。后来,我意识到这种感受的差异其实很不公平,毕竟人类也吃鸡蛋,而鸡蛋本质上也是像血一样孕育着生命的东西。

我拿起木偶,看着她,此刻她脸上又恢复了往常的漠然。我侧过身去,把木偶的头枕在胳膊上,和我同一侧,这样她就能看到我的手机屏幕了。我打开"油管"(Youtube),搜索主题为"一天都吃了什么"的视频,这是焦虑时我的首选解压方法。油管上还有很多更具体的关联搜索。

#模特一天吃了什么#

#减肥一天吃了什么#

#增重一天吃了什么#

#果食主义者一天吃了什么#

#日本人一天吃了什么#

#素食主义者一天都吃了什么#

#韩国人一天都吃了什么#

#进食障碍者一天吃了什么#

#青少年一天吃了什么#

#跑步者一天吃了什么#

#体重超标者一天吃了什么#

\# 做 ASMR* 一天都吃了什么 #

\# 直觉饮食法一天吃了什么 #

\# 宝莱坞演员一天吃了什么 #

我选了"模特一天吃了什么"。借此，我得以短暂地逃入一个极为迷人的造物的生活之中。我用手指抵着手机，这样就不必抓着它，可以放松了。来自芬兰的模特米娜说："我总是以放了一片柠檬的热水开启新的一天。"她住在自己的公寓里，公寓有大大的窗户，阳光充足。"然后我会吃一块周末和杰克一起做的松饼。松饼超级好吃，非常健康；成分有椰子粉、奇异籽、香蕉、胡桃，还有无味但对你的健康非常有益的螺旋藻。吃的时候我只会在上面放一点杏仁酱……"

我不知道为什么这些视频会让我觉得舒服。有时我会对自己说，看这些视频是在进行一项人类学实验，是为了更好地理解完整的人类，也是为了更好地理解自己人类的一面。在我看来，食物是生活中大多数人类能够掌控的那部分；他们赋予了食物很多力量：食物可以使人变美，也可以使人变丑，可以改善肤质，也可以损害皮肤，可以使人的身体更有吸引力，可以强化发质和指甲，可以治愈你，也可以慢慢杀死你。还有干净的食物和肮脏的食物之分：如果你吃的是干

---

* 自发性知觉经络反应，指人们身体的某些部位的皮肤，尤其头、颈，受到刺激时产生的愉悦、舒适感。

净的食物，就说明你干净、纯洁。如果你吃的是肮脏的食物，就说明你肮脏、不洁。如果你对生活失去了掌控感，你可以从食物中找到掌控感。米娜的这个视频有几分教化的意义。很多视频都是用了这种语气，就好像在说：如果你吃得像我一样，你就会变得像我一样。

我又看了几个视频。我最喜欢的是和文化相关的饮食视频，因为莫名像是在看一份份指导手册，指导你怎么吃才能跟视频中那个人成为同一族裔。我最喜欢的一个视频有超过 600 万的观看量，视频内含"一周之内""日本美食""现实""青少年"和"ASMR"等关键词。我把一个时长 25 分钟的视频都看完了，视频里是一个东京女孩，头发染成酒红色渐变粉色，在吃香肠、吐司、松饼粉加番茄酱制成的日式玉米热狗、打了个鸡蛋的出前一丁牌热芝麻拉面、比萨、炒乌冬面、海草沙拉、糙米、波霸奶茶冰激凌、酱烤三文鱼配粥、珍珠奶茶。每次她吃东西的时候，麦克风就会捕捉到她大声啜饮、咀嚼的声音，咔嚓咔嚓的。当她喝奶茶的时候，吸管穿过盖子时会发出一声巨响，还有吞咽声。大口吞咽，狼吞虎咽，大快朵颐。我意识到自己看视频的时候一直在想象珍珠奶茶是血，吞咽个不停。我点击创作者的名字，观看她的其他视频。

我经常想，如果我是完整的人类，我会喜欢什么样的食物。我会刻意地多吃日本菜，以强化遗传自爸爸的日本血统，还是会拒绝日本菜，尽可能多地吃英国菜，吃在英国土地上种植的蔬菜和根茎，在英国海域捕获的鱼，还有英国饲养的动物的肉？这些动物都长在英国的田野与风景中：长满不知名的野花和石楠花的山丘、板岩山脉，平坦的黄绿色田野，小小的农舍，附近有穿着亨特惠灵顿靴子的人，牵着几条狗，背后是白色的悬崖。我不喜欢看起来跟别人不一样，在长大过程中，我曾因为长相而饱受嘲弄，因为我长得像很多不同种族的人，每当我在操场上出现，背后总会跟着一连串的来自世界各地的名字：印度佬、日本佬、巴基斯坦佬、猴子、食狗人、捕鲸人。但我的皮肤上也有一抹淡淡的银色调，半透明，就藏在那层浅棕色皮肤之后抑或之上，让那皮肤看起来像是用赤陶土雕刻出来、刷了一层带灰的透明釉。

有时，看到人类吃东西，我就会觉得恶心，有时，我会嫉妒他们。我希望自己能尝试、品尝一切食物，能理解一切借由食物才能感受到的人类体验。但我也希望自己能以一种不涉及、不导致任何对动物或人类虐待的方式进食；尽管从我看过的视频来说，这种事做起来要比看上去难很多。摄入任何食物似乎都会导致某些存在的苦难或死亡，一旦将一切苦痛从人类的食谱中剔除，人类自身便无法存活。不过，我希望能学会觅食：采摘生长在妈妈家附近的迷迭香，采摘工作室外的小片草丛上的蒲公英花与叶。我希望能吃艺术家们在这栋大楼里种的东西：蘑菇、番茄、香草……我还希望能够去普通的商店买吃的：撕开聚苯乙烯盒子上面的铝质和塑料盖子，像人类一样用一份速食拉面就应付晚饭。我关掉油管。

我翻了个身，看着天花板。今天画廊那边不需要我去。不过即便昨天有人说画廊那儿需要我，我也丝毫没有被需要的感觉。我本以为自己每天会在固定的时间去画廊，跟在不同的策展团队成员身后学习。但实际是，每隔几天会有人告知我们何时要去，实习时间也不固定，似乎也学不到什么，更像是兼职的监考员，只不过领不到薪水。

我打开脸书，浏览我关注的动态：婴儿砸蛋糕，新车，婚礼，在马盖特的莫里森超市后面的受伤鸽子，躺在沙发上的猫。我在搜索栏里输入本的名字，从他留下的那张纸上我找到了他的姓氏。他的个人资料设置了仅好友可见，但我可以浏览他的简介照片。我从时间最久远的那张开始，他穿着校服，刻意松垮地打着一条蓝黄相间的领带，穿了一件蓝色西装，有一头蓬松的长发，一张胖乎乎的娃娃脸，衬衫上到处都是签名和留言。这定是毕业那天拍的。我一张接一张地浏览，看着照片里的他稳步成长和改变，看他的脸变得越来越瘦，轮廓越来越分明，最后一张照片标了拍摄地点：柏林的滕佩尔霍夫，他把一个圆圆的包子放在面前，把脸完全遮住了。接着，我查看了念书时的相识的动态，我跟他们不大熟，但都加了脸书好友。我看着他们一个个结婚、重逢、聚餐。继而是大学时和我共享一个工作室的家伙，他现在在中国台湾，简介照片中，他站在一家橱窗上挂了菠萝蛋糕广告的商店前。世间的一切似乎都与食物有关。我心不在焉地打开电子邮件,刷新了一下,看到两封赫耳墨斯发来的邮件。"你的包裹已发货。"其中一封邮件写道。我坐了起来。是我订购的干猪血。肚子像是知道了这个消息似的,咕咕直叫。另一封邮件写道:"你的包裹已经到达指定安全地点。"

木偶掉到了地板上,发出哐当一声。"我没有指定什么安全地点。"我大声地对邮件说。

我站起来,突然意识到自己的胃中空空如也,继而抓起钥匙,穿上鞋子,离开了工作室。

前两天我看到的那个手臂上挂了自行车头盔的女人就站在走廊里。

"嘿。"她跟我打招呼。

"嘿,"我说,"不好意思,我……"我指着前门。那人点点头。我走进室外明亮的阳光中,放下钥匙。

前一夜消失的饥饿,此刻已经重返,充斥了我的脑子。年少的时候,我可以几天不吃,猪血渐渐不再流动于血管之内,血管变得空荡,咽喉甚至使不上力,说不出话,直至这时,我才觉得自己与猪彻底脱了干系。然后——不管是多久之后,我才会再次开始吃东西。即使食物已经摆在我面前,我也只会不情不愿地咽下去,渐渐地再次意识到我体内还有需要供养的胃和血管。成年后,就不再是这种情况了。如今,我一看到食物,想要进食的冲动就变得无比强烈。长时间不吃东西,变得更像是对忍耐力的一种考验。

此时，我立刻就被担忧笼罩了，担忧我的食物没有送到；担忧我的食物被送回了分拣处，在明天理完货之前不能取；担忧我的食物还在送货司机那里，跟着他漫无目的地在伦敦转悠；担忧我的食物被退回发货地；担忧在接下来的几天里，我不得不在计划之外的饥饿中过活，最终被迫陷入计划之外的沉默，而这种沉默注定将出现在最不合时宜的时刻，比如画廊的某个人决定和我说话时，比如我有机会和吉迪恩再次说话时，比如我能为上次的碰面、为没有认出他而好好道歉时。我蹲在小隔间前，但正如我所怀疑的，里面没有包裹，什么都没有。我伸手摸了摸隔间里的两个架子，里面只有几片干玫瑰叶，我猜是大楼里有人收到花束时留下的。

我站起来，扶着墙，再一次打开邮件。

第二封邮件让我登录账号，查看自己的包裹究竟被丢在了哪里。我打开浏览器，搜索赫耳墨斯物流，点进官网主页。但当我输入一贯使用的邮件地址和密码后，页面却跳出来："我们无法识别这个邮件地址。请注册新账号。"

"真他妈该死。"我说。

"莉迪，你还好吗？"一个声音响起。是本，他正推着一辆自行车，朝工作室的大门走来。最外层还套了件防水外套。

"你这是怎么了？"我说着，上下打量他，"又没有下雨，你他妈为什么……？"我感到莫名愤怒，上下打量着他整个人。

"你还好吗？"本的眼睛睁得大大的，我都能看见那眼里平日被眼睑覆住的细小血管。

"嗯，我只是……"我试图再次输入密码，以防上一回输错了，结果手机忽而滑落，屏幕朝下落到了地上。本弯腰捡起我的手机，掸掉屏幕上的灰尘，递给我。紧接着，他把一只手放在我的胳膊上。他的手非常温暖，即使隔着上衣也能感觉到。那手很稳，抓得很牢。我抬起头，有那么一会儿，他的面容在我脑海中不断变化，就像翻书一样，从被包子挡住的脸变回稚气的脸——穿着校服，打着领带，圆圆的脸颊红扑扑的。

"是发生了什么事吗？"本用非常温柔的声音问。

"嗯，"我咽了咽口水，"我……"我深吸一口气，我没法告诉他我只是在找快递；没法告诉他赫耳墨斯物流网站上显示快递已经到了，但实际没到；没法告诉他邮件上说快递本该在我指定的安全地点，可我根本没有指定什么安全地点，而且我也没法登录我的账号看他们究竟是什么意思，因为我似乎根本没有账号。我更没法告诉他我实在是太饿了，我唯一能搞到的食物被送到了派件处或发货地；没法告诉他空气中弥漫着一股美妙的气味，是他这个人、他的皮肤散发的气味：甜美、酸涩，带了一丝鲜味。"是……今天算是我妈妈……周年忌日。"我听到自己说。

"天啊。"本说。

你刚才说了什么？脑袋里的一个声音质问道。

"我真的非常遗憾。"本捏捏我的胳膊。

我什么也没说。

"其实，我……我妈也病了。"本说。

"噢，天啊，"我说，"真遗憾。"

"嗯……她已经病了有段时间了。"听得我越发难过。

"她是怎么了？"

本看着工厂墙壁上的一个小点，放开了手，任其松松地垂在身体一侧。随后，我注意到他的外套在左口袋上方有个裂口，他身上都是泥巴。我的视线回到他的脸上。"就是癌症。所以，嗯……"透过泥土的味道，我嗅到了一丝美味的、明显的铁锈味。

"天啊，真是太遗憾了。"我对他说。

他耸了耸肩，看着我的眼睛。"没关系。我的意思是，你知道，这就是生活的一部分，不是吗？"

"是。"呼吸略微加速。我意识到自己之前从未遇到过这种情况，从未在饥肠辘辘时直面人类血液的气息。十几岁时节食的时候，我一直待在家里不上学；空气中唯一的味道是妈妈备的食物，还有她的身体——闻起来一半像是死人，一半像是活兽。"我想是吧。"

"你想上楼去工作室待一会儿吗？"本问。

我看着那些小隔间，又看了看本。"嗯，好的。不过，"我指着手机，"我得去处理点事。有个包裹不见了。你有充电器吗？"

"有，在工作室。"本说。

我们沿着走廊走到靠近电梯的那一头，我问本是不是受伤了。"噢,是的……"他的耳朵红了,"我被汽车撞了,摔了下来,有点像……"他挥动一只手,模拟他的身体腾空,然后啪的一下落在另一只手上面。

"天啊。"我说。

当我们进入电梯时,我稍微靠后,站在他身后。自行车刚好能进来。本在按钮面板上选了C。他一边身体前倾,一边皱眉蹙额。电梯开始上升。本的躯干、腿、屁股,还有一侧胳膊上都是泥。袖子里露出他的一只手,侧面有些擦伤。"那他们停车了吗?"我问。

"没,他们加速跑了。"

"哇,这都是些什么人啊。"我摇了摇头,舔了舔嘴唇。电梯门开了。

"是的,那个,我必须去……"他举起一个药店的购物袋,购物袋是半透明的,里面装了几包膏药和敷料。

"当然。"我说。

我们沉默了一会儿。我不清楚这种尴尬从何而来,是我还是他。我经常发现人们在和我分享他们的私事后就会变得很沉默。也许是因为我的反应不像他们希望的那样,或者没有给予他们足够的同情或建议。走在本身后,我也觉得有点奇怪,因为我知道如果自己愿意,我可以让他妈妈无限期地活下去,尽管只是让她的一部分继续活下去;如果他愿意,我可以让他一辈子都不用担心失去他妈妈。

走进本的工作室时,我心中一片平静。

"就是这儿了!"本推着自行车进去时,我帮他扶着门,我们的身体时不时会碰到。本红了脸,清了清嗓子:"这儿跟你的工作室基本一样。只有钩子那儿不一样。"他指着天花板,在我的工作室里,本给我的那株植物就挂在那儿。但这间房的天花板被银箔覆盖住了,中间还有一部分垂了下来。"噢,这是为了留住热量。大楼里没有暖气,电费也不便宜,所以……"银箔将我们映得歪歪扭扭的,显得我的脸扭曲而邪恶。本的脸被拉长了,鼻子和两眼之间的距离显得非常宽,看起来近乎一尾鱼。我想象着银箔中的自己接近银箔中的本,想象银箔中的我穿过那下垂的部分,穿过所有的折痕和裂缝,与银箔中的本贴近,与本的鱼脸相融,继而将他完全吞噬。我深吸一口气。

"这也太有创意了,"我把注意力从天花板上收回来,"有用吗?"

"手机充电器在那里。"本说。

"谢谢。"我把手机接上充电器,开始在赫耳墨斯网站上创建账号。

"有用的。我是说……理论上讲,应该会有点用。"本仍抬头看着天花板,顿了一下,"嗯,我也拿不准。如果你想的话,你可以坐在那个箱子上。"

我坐了下来。本的工作室乱糟糟的。有一个用松木搭起来的架子,宛如某种夹层,摆满了垫子。桌子和地板上到处散落着各种关于时间、钟表制作和镀金的书,到处都是垃圾、衣服——卷成一团的袜子、T恤、裤子，还有旧塑料袋，吃了一半的食物。指针像钟摆一样挂在墙上，处于杂乱之中，处于各种材料之上，我猜这些是本用来做底座的材料：砖块、积木、板条箱、盒子，还有一堆貌似泥巴的东西。我都忘了本是个艺术家。只见他胖乎乎的手指，摸索着其中一扇百叶窗的细绳。

"你应该看看你的擦伤。"我说，这时他已经关上了每一扇百叶窗。我的肚子咕咕叫了起来。

"你又饿了？"本说。

我点点头，视线回到手机屏幕上。有个下拉菜单，我选择了最新订单。我本该今天收到的订单就在那儿，它被送到了附近的一个地址。我不认识这个地方，也不是很在乎，注意力全转到了本身上，只见他拉开防水外套，问："你丢的包裹还找得到吗？"

"嗯，"我说，"我也不是着急用。"

他点点头，脱下外套，那身上的味道令我颤抖。我站了起来，手机掉到了地上。

"哎呀！"本代替我说了这句话，他大笑起来。

我朝他走过去。

"这伤口看起来很痛。"我伸出手来，这才发现自己未涂防晒霜的皮肤被晒得微微发红，但并不疼，至少我无法感知那疼痛。

"是看上去比真实情况要夸张。"本开始把T恤从他的皮肤上脱下来，其间忍不住瑟缩了一下。这件T恤已经破了。衣服被鲜血浸透，现在已经干了，把他屁股和身侧的伤口与棉布黏在了一起。

"我可以帮忙。"我听见自己说。我走到水池边，拿起一条毛巾："这是干净的吗？"

"呃……我想这应该是这里最干净的东西了。"本答。我打开热水龙头，把毛巾浸湿，大步回到他旁边，站在了阴影里。他脸朝前，看着墙，手臂举着。我把毛巾牢牢地压在他的臀部上。

"嗯，这感觉真不错。"本说。

我点点头。血液流动起来，好像又变得新鲜了。被毛巾上的水稀释后，血液沿着本裸露的皮肤呈粉色的细线流下来，渗进他平角短裤的腰带里。鲜血在T恤周围的毛巾上扩散，形成地衣似的图案。我慢慢把湿漉漉的衬衫从本的皮肤上扯下来。T恤破了，露出一个相当深的切口，里面有小块的碎石。

"伤口里面有碎石。"我说。

"是的，"本闭着眼睛，"我刚刚看到了。"

我点点头，问他有没有镊子。他有。

我不知道这一切对我来说是痛苦，还是痛苦的反面。我的嘴唇离伤口越来越近，我小心翼翼地取出黑色的小石子，伤口仍在渗血。我的鼻子深深地吸气，眼前一如既往地出现了重影，闪过两道巨大的伤口。我只想把舌头伸进本的血肉里，我只想喝血。

"你真的很擅长处理伤口。"本说。

"啊？"

"处理伤口，你真的很擅长。你可以当个护士什么的。"

"嗯。"我又用毛巾擦了一下伤口。毛巾吸入新鲜血液，中间被染成深棕色。我把最后一颗碎石子夹出来，然后站起来，手里的毛巾依然贴在本的身侧，脸紧挨着本柔软的粉色颈子。"嘿。"我对着本的颈子说。那上面分布着不规律的雀斑，多是橘色的，淡淡的，只有两颗颜色深一些。我感觉自己彻底失控了。

"嗯？"本回答。

我感到自己身体前倾，眼睛紧闭。一切都变成深红色。嘴唇触到了温热的皮肤。我张开嘴巴，用舌头舔舐着本的皮肤——很甜。我感到无比强大，仿佛整个自我都包含在牙齿里，而那牙齿已经准备好咬人了。

"呃，莉迪？"本向右边挪了一小步，离开了我，我的头立刻向前垂了下来。他的脸涨得通红："莉迪……我不知道该怎么说，但……我有女朋友了？"

我眨了几下眼睛，闭上嘴巴，毛巾还握在手里。体内的人类自我似乎苏醒了。

"我是说……实际上，她是我的未婚妻。我已经订婚了，"他举起手，无名指上戴了一个细细的金戒指，"我和她同居了……"本看着我，脸上露出一种混合了同情和担忧的可怕表情。"我不能,你懂的……"他说,"真的很抱歉,你人真的挺好的,你明白吧?"

我不知道该说什么,就好像一切语言突然离我而去,让我无法理解正在发生的一切。嘴里的舌头沉甸甸的,好像承载了我身上一切不好的东西:失控的部分,恶魔的部分。"我,我……"我深深地吸了一口气,觉得自己像是哭了,但也拿不准,"我很抱歉……我……我……我……我……我……"。我拼命尝试,却憋不出一个完整的"抱歉"。

我向后退,远离本,朝工作室的门走去。之前尚可忍受的阳光透过百叶窗照进来,此刻却亮得令人忍受。原本不觉疼痛的皮肤,此刻也刺疼了起来。

"莉迪娅。"本的衬衫已经落下来,盖住了他的伤口。

我摸索门把手,找到后立刻扭开:"我得走了。"

"我真的很抱歉,"本说,"莉迪娅……"

他打算说点什么,但我必须马上离开这里。我转过身,快步穿过走廊,没有乘电梯,而是从楼梯走下去——跑了下去。我不知道路上有没有经过什么人,也不知道有没有人看见我拿了什么。本血迹斑斑的毛巾上的血水顺着水泥走廊一路滴落。之前流淌在本的皮肤上的粉色血水细丝,此刻正在我的手臂上流淌,由我的手腕上滴落。我想也不想就把胳膊抬到嘴边,舔了起来。

我把沾了本的血的毛巾拿到嘴边,吸了好一会儿,像是吸了几个小时。我拿着毛巾，躺在地上，毛巾从我的嘴边垂落，在我的胸前铺开。我太幸福了，无法用言语来描述这种感觉：另一个人的血流淌在你的血管中，为你的心脏供血，哪怕只是一点点。这血不属于猪，而属于人，属于直立而优雅的两腿生物，其血液中里藏着种种痕迹——食物、记忆和经历，出生、患病和康复，爱、悲伤和恐惧，都混合其中。我觉得自己很强大，觉得如果自己站起来，朝工作室的墙冲去，就可以直接穿墙而过；觉得自己可以将外面的车和人踩在脚下，一抬脚就把一家人都踏在脚下，一咆哮商店的窗户就被震碎。我的头发会越长越长，将天空铺满，太阳会被我吸过来，被我的头发吞噬，白天随之变成黑夜。地面会在我身周震动，睡着的小鼹鼠会从洞里钻出来，兔子也会从洞里钻出来，而我会像拔小豆芽一样，把它们一一拔出来，再将它们整只整只吞下去。

第二部分

人会老去、死去，就像花一样，是短暂的、季节性的存在，终会凋零，而我，我就像一棵常青的树。

4

猩红果园的等候室里摆满了各种东西，可供各个年龄段的访客消遣。有专为孩子设计的彩色绕珠迷宫，正是银行等候区里常见的那种。有《诺弟》儿童杂志、几年前的《青少年时尚》杂志、新娘杂志，还有什么八卦杂志、拖拉机相关的杂志、室内设计杂志、面向人母的杂志，以及一本电视指南。囊括了人生各阶段的杂志就这么堆在咖啡桌上，一一摊开。唯一漏掉的，便是人生的最后一程，而这一程其实就在门的另一侧，就在这栋建筑的另一端。我坐在绕珠迷宫前，把黄色的珠子穿起来。这还挺治愈的。接着分别穿了红色、蓝色、绿色。我没有把各种珠子推到末尾，而是顺滑地推到中间，再把它们都推回到起点，从头来过。

我早到了将近三刻钟。克尔医生说他十点半见我。现在才将近十点。从圣潘克拉斯车站出发，每隔一小时才有一趟开往马盖特的快车，时间很难拿捏。我不得不等更慢、更便宜的火车，这类火车途中会在肯特郡每一个村庄、城镇停靠。倒也不重要。手机上的天气预报程序告诉我今天会是阴天，全天有阵雨，结果今天却出奇晴朗。我原本打算在此处的乡间等车，在田野里散步，试图找到那块终会被海水淹没、把这个地区的最东南端与大陆分开的土地，但这个计划泡汤了。

我背靠在来时坐着的椅子上，抬头看向天花板。这里的天花板是由聚苯乙烯天花板瓷砖拼成的。我开始数头顶正上方那块瓷砖上的点。1、2、3、4……26、27……我开始撕指甲旁边的死皮，撕得有点多了，隐约发疼，手指一侧变成粉色，还肿起来了。等待真是无聊。不过能离开伦敦一个早上也不错。我低头看着地毯。在地毯的纤维之间，掉落着不少面包屑。不知道这地方多久才打扫一次。

"我……看到……你。我看到你了，看到你了。"我才留意到门开了一道缝，有人正透过缝隙偷窥我。我立马坐正。"我看到你了，"那个人声音沙哑，是一个男人，"你，对——就是你。我看到你在盯着我。"他听起来很生气。

"嗯，你好。"我说。门开得稍微大了一点，但还不足以让我完全看清门后的人，只能看到几缕浅灰色的头发，偏在奇怪的地方卷起来了，像被生生折断，又像蜘蛛的腿一样窜了进来，而男人却依旧躲在门后的阴影里。

"我知道你是什么了，你这个恶心的……你这个恶心的……"那个男人发出一种像是在吐口水的声音，"你身上的每一部分，都让人恶心。日本鬼子。怪物。"

我喘不上气，支支吾吾："嗯……"

走廊里传来另一个声音，是个女人的声音。"弗雷德，弗雷德！"还有人字拖踩在坚实地板上的声音。有谁在跑动。那男人消失了，门咔嗒一声关上。我能听到那个女人说："弗雷德，你在休闲室外面干什么？走吧，回去吧，埃塞尔正在找你。"那个叫弗雷德的男人回答说："我才不会听你这种人的话！"我听见他拖着脚步，经过过道。过了一会儿，门开了，一个小个子女人走了进来。从某种角度来说，她跟我有些相像，也是个亚洲人的长相：一头蓬松的黑发，深色的眼睛，浅棕色的皮肤。

"你好。"说着，她走进了房间。

"嘿。"我说。

"对于弗雷德，我很抱歉。"

"噢，没事，没关系的。"

"他被困在了第二次世界大战里。"

"那肯定很奇怪。"

"嗯？"那个女人说。

"噢，没什么，只是我觉得待在这个地方，却还想着第二次世界大战，肯定很奇怪。"又觉得自己说了特别蠢的话，补了一句："我的意思是，很明显，那个……"我清了清嗓子："他一定过得很艰难。"

"嗯，是，"那个女人微微一笑，"你是……"

"莉迪娅，朱莉的女儿。你认识朱莉吗？"

"我认识朱莉，对，"那个女人点点头，"她在这里过得很不好，我觉得她要比其他住户年轻得多，这一点对她也挺难的。你肯定挺担心的吧。"

"没，并没有，"我不假思索地说，"我是说……嗯，我也不知道。我没有怎么想过这件事。"

那个女人走进房间，关上身后的门。"实际上，我负责照顾你妈妈，所以我对她相当了解。"

"噢，天啊，"我说，"我真的太抱歉了。你知道的……比如……你知道她是什么样。我知道她就像个噩梦……"那个女人摇了摇头。"谢谢你，"我又问道，"那个叫弗雷德的家伙和她相处还好吗？"

"我们尽力把他们分开。"那个女人说。

"她今天怎么样？"即便我知道问也没用，知道猩红果园里"好"即坏，即妈妈觉得自己是个人类。我也知道"坏"即不好不坏，即妈妈知道自己是个吸血鬼，但并未变回曾经的她。

"有好转，"女人说，"比之前要好多了。"

"哦，那挺好的。"

"她一直在问我们要糖果，我猜应该是她小时候吃的那些糖果。"

"真的吗？"这让我大吃一惊。我从没想过妈妈会吃人类的食物。倒不是说我从未想过她也曾是个人，这我也知道。只是我从未真正认识到，她目前的这具业已延续了几个世纪的身体，最初也是不喝血的，而是吃水果、蔬菜、肉和糖果。

在此刻与我相距不远的妈妈的脑袋里，定是包含了摄入人类食物、消化人类食物、品尝各种味道的记忆。我不禁问："什么样的糖果？"

"我记了一些下来。"说着，她从口袋里掏出一张从笔记本上撕下来的纸，递给了我。上面写着几个我不认识的词：kuihta talam pandan（班兰糯米蒸糕），cendol（珍多）和pandan kalamae（班兰焦糖糯米糍）。其中我唯一认识的词是班兰（pandan），这是一种翠绿色的叶子，被称为东南亚香草。我在"照片墙"（Instagram）上看到有人把班兰粉混入水晶果冻，再加入罐装奶油。

"我不知道要弄到它们容不容易，但你下次过来要是能带一些给她，那就太好了。"

"我能留下这张纸吗？"我问。

"当然可以，"然后她问，"你妈妈是在马来西亚长大的吗？"

"算是吧。但她爸爸是英国人，他们后来搬到了英国。"我感觉自己像是在讲述某个神秘人物的故事，而不是妈妈的故事。关于她人类的生活，她只告诉过我这一点，说当时他们是乘船出行——那个时候还没有飞机。

"那她的妈妈、你的外婆呢，也是马来西亚人吗？"

"嗯。"我回答，脸却涨红了，仿佛我在撒谎。

在我这辈子里，妈妈从不提起她的父母，也不说起是谁转化了她。在很长一段时间里，我都不觉得她是被创造出来的，而是一种永恒的存在：无父，无母，无造物主。

"我妈也一样。她上了年纪后，也开始想要她老家的糖果。"那个女人笑着说。

"谢谢你。"我说。

"如果你想单独联系我，了解她的情况，你可以跟前台说，不管是亲自过来还是打电话都可以，我叫花见。"

我伸出手去握她的手，就在握手的时候，我看到她的小臂上有一个嘴巴形状的巨大瘀伤。我倒吸一口气。花见笑了一下，随后就离开了。

我又看了一遍纸上列的那一连串糖果的名字，觉得这像一个来自过去的时间胶囊，一件古老的手工制品——事关一位远古祖先而非直系亲属的消息。

在大约 13 岁的时候，我开始好奇妈妈的来历。某天，我用学校的电脑搜索吸血鬼的传说，并读到了关于朗苏雅的故事。那是马来西亚民间传说中的一种吸血鬼，她听到自己孩子生下来就是死胎，一时间震惊致死，化为鬼魂。产床上，她拍了拍手，变了形，飞上枝头。她长发下的后颈处有一个洞，她借这个洞吸食活人的血。我开始怀疑我妈妈是否就是朗苏雅：没有确切的起源，并非由另一个吸血鬼转化而成，而是由她自己的悲伤所致，由创伤而生。我想自己可能是我妈妈的死胎，被她以某种方式复活，唤之为吸血鬼，但其实并非所谓的吸血鬼。如果真是这样，那关于妈妈的其他事情就可以解释得通了。我曾了解到,在大多数亚洲文化中,吸血怪物并不像在西方那样受到敬畏;大多数吸血的东西都是女性,她们的表现——无论是前世的罪孽、与恶魔的契约、善妒的性格、不安稳的情绪——都被认为是她们成为怪物的原因。也许妈妈恨自己无法保持人性,也许她恨我让她失去人性。某天晚上,她睡着时,我把她翻到侧面,掀起她的头发,想看看能不能找到第二张嘴,告诉她我觉得她可能是朗苏雅,她却打了我。

"别傻了。"我妈妈说。但那次后,她便跟我说了她的创造者,她愤怒且不耐烦地告诉我那是一个来马来西亚的殖民统治者,一个英国白人。他吃了很多女人,但不知为何,他让妈妈喝了他的血,让她变成跟他一样的东西。从她的语气中,我能听出妈妈希望那男人杀了她,哪怕吃了她,也比成为我们这样的存在更好。我问妈妈那人是不是她的爸爸,因为我知道她爸爸也是一个英国人。但她斥道:"别再说了,快去睡觉。那是个坏人,他杀了很多人。"

我真不知道该对手中的那张糖果单子作何感受。那单子莫名让我觉得伤心,仿佛那是一个被杀死的女孩残存的唯一证明,这证明刚由一个侦探递给了我,还对我这个最近的亲属说"我们觉得这是她的东西,你还记得吗?"。我把纸条叠起来,放到背包里,看了一下手机。我还要再等20分钟。

对妈妈来说,这地方确实挺奇怪的。妈妈不仅仅是看着年轻,而且也不像其他人一样面临着生命的终结。她总会离开这个地方，而其他人会留在这里，直到死亡降临。我会把妈妈送到别的地方，然后再换另一个地方，而我就离她远远的，尽力过着自己的生活。

我又靠回到椅子上。房间里贴了几张海报。我把每张海报都看了一遍，一张接一张，先是从左边最靠近我的那一张开始，然后顺时针看了一圈。其中一张海报上写着："做最好的自己。"另一张海报上莫名印了紧握一朵红玫瑰的双手，还用斜体字写着"养护从开始到结束"，然后是用巨大、加粗的大写字母写着"客户关怀"；一张约莫在中间的海报边缘印了丑兮兮的水彩花朵，还有粉色写就的字："为我们不关心的事情努力叫压力。为我们关心的事情努力叫激情。"所有这些海报都让我对人性有点失望。不过，我在一张海报前踟蹰了一会儿，这张海报上写的东西倒也不怎么合理，但还是让我有些在意，上面用蓝色字迹写着"你的心态决定你的年龄。"我回到彩色绕珠那里。我一个接一个地转着线上的珠子：黄的、蓝的、红的、黄的、蓝的、红的、蓝的、红的、蓝的、红的。

让自己沉浸在这种转珠子的小游戏里感觉也挺好的。处于这个什么也不是的空间，待在这个微不足道的小镇，做着这样毫无意义的事，也挺好的。早先在来这里的火车上，有那么一会儿，我考虑过要不要搬回来，让自己留在这种没有压力、唯有空虚的状态中；我可以在咖啡馆里找份工作，换上一份又一份，直到把肯特郡的所有咖啡馆都轮一遍，然后照着这个路数，再把镇子其他地方也逛上一圈。况且，我还查到，尽管我们必须在房东规定的特定日期前把妈妈的房子清空、打扫干净，但房子其实还没有租出去，也根本没人打算搬进去。此刻，房子被挂在租房网站上，用的是房产中介在我们搬走之前拍的照片。照片上有我的床、衣柜，桌前的椅背上还挂了几件我的衣服。照片里，甚至连厨房看起来都更有烟火气——很整洁，但我们的东西摆得到处都是，像是住了真的人类在做真的人类食物似的；料理台上放了一口锅，里面放着长柄勺和木制汤匙，在买来角落里摆着的微波炉之前，我们就是用这口锅给猪血加热的。还有数量众多的马克杯，被塞在一个装了玻璃门的橱柜里。客厅的壁炉上还摆满了我小时候的照片：穿着校服的我，为了融入学校而带了米老鼠午餐盒的我，在暴雨中的动物园里对着一头被雨水淋湿的大象微笑的我。在火车上浏览这些照片时，我觉得自己好像能钻进屏幕，重回过去的生活。有那么一瞬间，我满脑子只想这么做。

自从在本的工作室发生那件事，我就没见过他了。第二天，我醒来时发现自己的工作室一片混乱，用来清洗本伤口的毛巾还挂在嘴边，像围嘴一样披在胸前，手里是从画廊偷来的木偶，她那脸上沾了一点血。我不得不在水槽里把她、我的上衣、头发、脸和胳膊都洗干净。诚然，在高楼层的某个地方是有个淋浴间，但我不愿冒被别人看到的风险去洗澡，不愿被人发现昨天的事在我身上留下的痕迹。我把上衣放在太阳下晒干，走到外面，套头上衣下什么也没穿。出去的路上，我发现门口放了一个小小的包裹。里面有我的手机——去本的工作室里充电时我给落下了，以及一张本写的便条，便条中他为昨天的事向我道歉，并解释说自己要和未婚妻出去几天。他写了她的名字：安珠。第一次看到本的笔迹竟是在这种情况下，对我来说真是又奇怪，又有些不对劲。即便我并不清楚自己期望第一次看到他的笔迹时是个什么情况。我用指尖触摸信，感受着本用圆珠笔在纸上留下的凹痕。我不知道自己是开始喜欢他、想和他在一起，还是只是饿了、想把他吃掉。

我并不后悔把本在毛巾上的血吸掉。我不觉得自己很糟，不觉得自己恶心，也没觉得自己因此就成了个危险人物，或是成了一个错比对多、恶比善多的存在。在很久以前，我就意识到恶魔不一定和上帝有关系，恶魔并非人或人的灵魂的反面。恶魔只是一种不同的动物，饮食习惯与人类不同。有一种甲壳纲动物只吃鲨鱼的眼角膜，直到鲨鱼失明，还有亚马孙丛林的很多蝴蝶会喝海龟的眼泪。这些动物都不是恶魔，它们是动物，许多人相信它们是被上帝造成这副模样的。自然，有一些动物也靠血液存活；还有一些动物会把蛋打碎，将里面的幼崽或蛋黄吃掉；还有些动物连自己的崽都吃；另外，人类也吃肉，吃蛋，吃动物血，只不过他们会以特定的方式烹饪，用特定的香料调味，弄成特定的形状来吃，但这些动物或人都不是恶魔。食人族或吃物件的人也不是恶魔。有人吃玻璃碎片、硬币、钉子、刀片、石头，有人吃过自行车、手推车，还吃了一整架钢琴和一整个棺材。我意识到"恶魔"是一个主观称谓。将自我分割为魔鬼和上帝、不纯和纯洁是妈妈加在我身上的思维方式，并不是真相。尽管如此，在喝了一辈子的猪血之后，吃别的任何东西都会让我害怕，我尤其怕喝人血，因为我怕自己爱上喝人血，继而对其上瘾。我不去尝试不同的血液，反而尝试挨饿，以此感受我内心的鸿沟——不是恶魔和人类之间的鸿沟，而是生与死之间的鸿沟。

我把本的便条折好放进背包里，不愿去想它，不愿去想本和本的血，尽管我只吸了一点点，但他的血仍然在我的身体里流动，让我忍不住渴望更多。虽然吸完毛巾后我还不曾失了智，但有那么一瞬，当我在本的工作室里时，当我的牙齿悬在他的血肉上时，我感受到了一种强大的、非人的力量，这让我感到害怕。我不想变得暴力，想服务社会而非拖累社会，想帮助别人而非伤害别人。我准备去跑会儿步，穿着有点湿还有点脏的上衣，背上背包，里面装着木偶。我一路跑到滑铁卢，最后在那里买了东西。

我绝非那种用购物来解压的人。我一向很讨厌购物。从前，妈妈经常带我一起去购物。我曾经坐在更衣室里的小椅子上，那些椅子本该是拿来放包而不是坐人的。但我就坐在那儿，看妈妈脱掉衣服，试穿不同的衣服，每一件都是完全不同的风格，仿佛她在试不同的皮肤。她可能没有注意到，但我留意到了，她每换一套衣服，就会把脸扮成她觉得穿那套衣服的人会摆的样子；她会噘起嘴巴，或是从包里拿出眼镜戴上，或是把眼镜摘下来。她总会涂颜色浅一些的粉底，还会在脸颊上擦点淡粉色的腮红，让自己的皮肤看起来跟白人似的，只不过刚好覆在了一张亚裔混血的脸上。

我讨厌看妈妈脱衣服。但待在三面墙都挂了镜子的更衣室里，我很难不去看她。尽管她手臂和粉底下的脸的肤色都挺深的，但那衣服下的皮肤颜色很浅，就好像她把自己的父亲、创造她的人赋予她的白色躯体藏在了上衣和裤子底下。我是在婴儿时期被转化的，妈妈不是，甚至没有在年轻的时候被转化，所以她的人类自我有时间发育、衰老、度过巅峰期。眼前这样子便是她被困于其中的身体，她一度孕育了几个早已去世的人类孩子的身体，再也无法轻易减去赘肉的身体，再也无法摆脱牙龈疾病的身体。

我走进老维克剧院附近的一家小商店。店里面卖唱片和衣服。我买了一条牛仔裤，一条短裤，几件衬衫，一件套头衫和一件夹克。那件套头衫不太符合我平常的风格，不过说实话，我真没什么风格。这件套头衫的风格很特别，有点俗气，但我莫名喜欢。在其正面是一张时钟的简略图片，在接近两点和十点的地方还印了两只几乎看不清的米黄色眼睛。短裤是给 10 岁到 12 岁这个年龄段的男孩穿的。夹克是 XS 男款的。离开商店时，我感觉好了一些，因为身上穿的衣服不曾被本稀释过的血液浸湿过。我把原本的上衣扔到更衣室的垃圾桶里，换上那件时钟套头衫。

在滑铁卢桥下面的书店里，我也为自己挑了几本书。我买了一本关于波兰艺术家米罗斯拉夫·巴尔卡的书。书里有一幅《是如何》的图片，不久前泰特现代美术馆的涡轮大厅展示了这个作品，在我大概14岁的时候还拉着妈妈一起去看过。在那之前，我曾觉得妈妈会喜欢奥拉维尔·埃利亚松的作品《气象计划》：在同一个空间里悬挂着一面巨大的圆形镜子，如同夕阳，干冰被用来制造热浪的假象，我还在上小学的时候我们就去看过。但妈妈说她并不想念太阳。我们怀着各自的不满离开了。但她喜欢《是如何》。那是一个巨大的箱子，箱内是彻底而完全的黑暗，任何光都会被黑色的毛毡墙吸入。我们在箱子后头的一个角落里坐下来，那里实在是太黑了，我们看不清彼此的容貌。那黑暗比夜晚还要黑，是一种我的眼睛无法穿透，却让心无比宁静的黑暗。

"这个作品是关于什么的？"妈妈曾这么问过。这是她第一次也是唯一一次问起某件艺术作品的含义。

我给她解释，这是基于萨缪尔·贝克特的一部小说*，讲的是一个人如何在泥泞里爬行，但她摇了摇头，翻了个白眼。"那可真是太愚蠢和做作了，"她顿了一下，"这个作品是关于我们的。"

我还挑了一本关于德国艺术家约瑟夫·博伊斯的书，以及一本名为《健康之源：地球的食物》的书，副标题是"如

---

* 指萨缪尔·贝克特的长篇小说《是如何》(*Comment c'est*)。

何利用地球及其优势种植最有营养的蔬菜"。三本书加起来一共是 14.50 英镑。关于食物的那本书只要 50 便士。当我拿起它时，一个在我浏览时似乎一直在我旁边转悠的男人说："节食而爱？你知道男人总是喜欢手里握着点儿……"

"好好好。"我说完，正视他，身前的手紧紧攥着三本书，心里涌起一种极为强烈的冲动，要么用书砸他的头，要么咬他——就在光天化日之下，在伦敦最繁忙的地段，在堤岸边的沙坑里玩耍的两个孩子面前，在一个摆出正义之姿的街头表演者面前，在所有在 BFI 餐厅吃汉堡、喝饮料的人们面前。我看向他的脖子。那脖子上的皮肤看起来很薄，带了轻微的光泽，像一张硫酸纸，水彩在这种纸上留不住。这个男人身上的皮肤看起来很纤薄，就好像某种不健康的生活习惯——也许是毒品或酒精，将他的皮肤磨损了，或者他只是实际年龄比他看起来的样子要大。

我迅速离开，时慢时快地跑起来，逃离被冲动驱使而行事的可能性。以前我从未体验过如此强烈的冲动。在回工作室的路上，我取回了干猪血，它被送到靠近沃克斯霍尔站的某条居民区大道上的一所房子里。一回到工作室，我就试着去吃一些本质上是血液粉末的东西来充饥，干巴巴的，与新鲜血液相去甚远。尝了第一口掺了温水的血液粉末后，我就出现了近乎剧烈的反应。从本的伤口流出来的新鲜血液中，我尝到的是生命的味道，尝到的是欢乐，而这盒的干猪血是从十几头猪上抽取而出的，虽然贴了 RSPCA 认证的有机农场出品的标签，但绝对是来自工厂化养殖场，从中我只尝到了死亡，以及痛苦。

"是莉迪娅吗？"门开了，是克尔医生，"你好。"

"是，"我眨着眼睛看着他，"嗯，对，你好。"

"那我们现在就过去？"

"嗯，"我说，摇了摇头，"不好意思，我现在完全不在状态。"我大笑起来，"我一直在阅读这些海报上的文字。它们相当，呃……"我笑了，期待克尔医生会说些什么，比如"它们很俗气，对不对？"或者"是的，它们很糟糕"，但他什么也没说，表情也没有任何变化。他只是看着我，脸上带了一抹微笑。最后他说："那我在外面等你。不着急。"

"好吧，"我说，"我准备好了，只是要……"我低头看向我的背包。背包是打开的，木偶的头探了出来，她的脸面对着克尔医生。我看到克尔医生的视线随之也落到了我的背包上。但他什么也没说，只是保持微笑。

"好的，莉迪娅，我就在门外。"克尔医生说完，走了出去。

我们走向妈妈的房间，探视前克尔医生叮嘱了几句："她今天状态很好，很平静，知道自己是谁，对所有工作人员都非常友好，给所有护士分了冰箱里的巧克力。她非常和善，希望这意味着你跟她谈话会很容易。"

"好。"

"我们不希望她因为被问到前几天与护士发生的事而感到困扰,要是你能稍微提一下就好了。一般来说,我们不想对她展露怒气,只是想了解她当时的感受、可能的原因,以及她是不是不开心。不要有太大的压力。看到熟悉的面孔她可能觉得会舒服些。"

我们站在我妈妈房间的门外。门上是一个木制的名牌,用英国玫瑰装饰,上面贴着一张写有"朱莉"的方形纸条。

"我会在附近,你聊完后来找我。"克尔医生走时说。

妈妈待在她的房间里,坐在镜子前的椅子上,盯着镜子里自己的脸。我真心不太喜欢这里。这太奇怪了,妈妈的东西和猩红果园的东西混在一起,还尽是些她绝不会选的东西,比如一盏灯罩皱巴巴的布艺台灯,墙上挂的是一头奶牛站在画家旁边的画,他们就站在森林边上,紧邻着一条河,像是威廉·亨利·戴维斯这样的人画的。这个房间给人的感觉就像是为特定类型的英国人而设计的,他们的盛年估计是在二十世纪三四十年代。

妈妈的房子里从来没有出现过来自马来西亚的东西,但她用的东西也从来不是如此彻底而明显的英式风格。她买东西要么是出于实际用途:舒适的椅子,用来遮盖地板污渍或者破损的地毯,用来遮盖墙上未抹灰泥的洞、潮湿斑点的画;要么是些她压根儿不喜欢的东西:走廊里一条绣了鸡的挂毯,沙发上一张像是相框自带的斑马图,我卧室外一张我俩都没看过的电影海报。我们还有用来储物的塑料抽屉、室内晾衣绳、带钩的可折叠晾衣架、从慈善商店买来的不成套的餐具，以及一些对我妈妈来说毫无意义的杯子，上面印了"我爱斯卡伯勒"的口号、《指环王》中的角色形象、可爱的小猫或小狗图片。一想到这个事，我就开始环顾四周，打量眼前为了帮助病人保持身份认同和归属感而设计的一切东西，琢磨在我的成长过程中，妈妈拒绝的绝不仅是任何比猪更"高贵"的血，还有别的什么东西。家里没有任何东西是妈妈因为喜欢才买的，没有任何东西能纪念她的人类生活或她在马来西亚的岁月。一切都是为了方便，而不是彰显她的品位或个性。

等到克尔医生的脚步声彻底消失后，我才开口。

"妈妈，"我唤她，"妈妈。"

从她的后脑勺、她的姿态、她头发扎起来的样子，我能看出来这不是陪我一起长大的妈妈，不是那个转化我的吸血鬼。她栖居在自己的身体里，像一个人类一样，不是那种讨厌自己、拒绝享受生活的人类，而是一个喜欢自己、享受生活的人类。她正在拉扯脸颊，舒展脸上的皱纹，睁大眼睛。我把重心放在一只脚上，另一只脚晃荡着，踢着地板，烦躁不安。"朱莉。"我最后只能这么叫她，接着叹了口气。

妈妈抬起头，但不是看我的脸，而是抬头看向我映在镜子里的样子。"你好。"她说，以一种成长期的我从未听过的腔调，但从几年前换上假牙开始，她就经常用这种语气说话，就好像那些牙齿赋予了她一种新的个性和声音。与她记忆重返过去、偶尔用马来语说话的声音不同,那是她希望自己是个人类时的声音:温柔,口音高雅,相当英式。

"你好。"我说。镜子里的我们并肩坐着。我们是挺相像的。换作平常,我会觉得自己的长相遗传自我爸爸更多一些,而不是妈妈,因为我总认为自己的身体是人类,而内在是吸血鬼。我觉得自己算是半个日本人,半个恶魔,仿佛体内的恶魔部分已将妈妈遗传给我的一切吞噬殆尽。但此刻,眼中一贯清晰的分界线变得模糊了。

"你真漂亮,"这时妈妈问,"你是哪里人?"她皱着眉头,看着我脖子上的皮肤,之后是我的脸,随后又看向我蓬松而杂乱的头发。

"妈妈,我不知道该怎么回答你。"

她皱着眉头看着我。

"好吧,爸爸是日本人,对吧?"我反问。她依旧皱着眉,但脸上的表情变了,仿佛在尽力辨别我的日本血统,好像将我当作了一件器物,反复打量,琢磨自己应作何感受。有时候,我会想妈妈会选择和一个日本人在一起,是不是只为能控制他、吞噬他,像日本短暂殖民马来西亚那样殖民他的身体。我环顾四周,这个房间的费用是靠卖掉爸爸的画作支付的。我在想,她是不是早就这么打算利用他的作品——爸爸的画作总是卖得很好,足以维持我们的生活,供养、延续她的生命。"你知道他是日本人,"我低声说,"还有,妈妈,你看看你。看看你的皮肤。你看啊,妈妈。"

妈妈把她的两只胳膊伸到面前,端详双臂的肤色,然后把胳膊放回身体两侧,眨了眨眼,似乎在重置自己的思绪,将刚刚所见的一切统统清空。

"你叫什么名字?"妈妈问。

我坐在她的床上,以手掩面。"妈妈,我叫莉迪娅,"我答,"你知道我叫莉迪娅。"

"莉迪娅,多好听、多欧式的名字呀。"她说完,又补上一句,"我女儿就叫莉迪娅。"

"我就是你女儿。"

妈妈摇摇头:"我女儿死了,出生没多久就死了。"她的口音微变,依旧是英式口音,但不再高雅。是妈妈的口音。

我把背包放下来,拉开拉链,拿出一个昨天买的大午餐盒,里面装了一些猪血,看起来有点像一颗颗沙砾,让人一点胃口也没有。我站起来:"我把这个放到你的橱柜里,好不好?这是给你的食物。"

妈妈无视我,继续说:"我没能救她,她不吃东西。她的血有问题,开始发青。"她看着房间对面的那幅牛的画,仿佛那画描绘的是她的过去。"太可怕了,不是吗?我连自己的女儿都救不了。"

"妈,"我说,"你有在听吗?这是给你吃的。这很重要。"

"她死在了我的怀里。"

"老天。"我说着,把午餐盒放在柜台上,柜台上还有一个小电热水壶、一个微波炉和一些微波容器和杯子。多么糟糕的地方。这儿的每间房必须配备浴室、烹饪用品、冰箱、厨房,但感觉这厨房简略得不能再简略了,就像厨房已经脱去了一切可辨特征,只剩它的基本骨架。我转向我妈妈。但我发现自己无法忍受看她如此悲伤——为我悲伤。我闭上了眼。

"她没死,妈妈,"我说。

"我是一个失败的母亲。"

"妈。"

"莉迪娅!"她厉声说道。

我睁开眼:"看,你还记得我是谁!"她看向我,显然已经认出了我,那表情就跟她以前责备我时一模一样。我们相互凝视了一会儿。接着那个表情消失了,她的脸又变成一片空白,继而她用高雅的英式口音说道:"多么好听的欧式名字。"

我长长地叹了口气,再次拿起午餐盒说:"这是给你的食物。"

"食物?"

"是的,给你吃的,要是你冰箱里的存货吃完了的话。"

"哦,谢谢。"她眨了眨眼睛,随后对着镜子里的我笑了,我能看到她的假牙,两排极其洁白无瑕、尖利不再的牙,将另一个人的笑容挂在了她的脸上。

"吃东西很重要,"我决定不提那个咬人事故,看着镜中的她对我露出的灿烂笑容,我觉得她根本不记得那件事了,"但你必须在屋里吃,好吗?"

她一脸无辜地看着我。

"在屋里?"

"对,在屋里,一个人吃。"说这话的时候我心里并不舒服。我刚上小学时,妈妈也对我说过同样的话,所以我早已懂得吃饭这样重要的事情要避着别人是什么感觉。当我四岁时,妈妈在上学前给我加热了一些猪血,倒入了一个优质的热水瓶里;她给我买了一个带有伸缩塑料吸管的不透明保温瓶,吸管是瓶盖的一部分,而不是吸口可拆卸的那种,这样我就可以安静地吃饭,而不会引起别人的注意。她告诉我的老师我有胃病,只能吃液体食物;她嘱咐我永远不要告诉别人热水瓶里装的是什么。"永远不要。你的生命取决于此,"她说,"如果有人发现了,你会永远被带走的。"但现在我不能对我妈说同样的话,因为她已经永远被带走了,或者说,我已经永远离开她了。"如果被人看到你在吃特别的食物,他们不会理解的,好吗?"我换了个说法,"他们很挑剔,只喜欢自己熟悉的东西。"

我妈很认真地点了点头:"好的。"我关上了橱柜。

"呃,妈妈,"我改了口,"我是说,朱莉?"

她点点头,看起来很和善。

"我认识了一个人,"我说,"而且我干了件事。我不知道这件事是对是错。"

她歪着头,看向我。

"我……"我说。"喝了他的血"这样的话在我的脑袋里不停地打转,但随后意识到跟她说根本没有什么好处;不论她状态如何,不论她觉得自己是谁,跟她说都没有任何好处。我看向她的双眼,深知自己看到的是一个人类。她是不会理解的。

"其实,一切都挺好的,"我说,"或许一切都会变得挺好的。"

"我相信一切都会变得挺好的。"妈妈说。我没有看她。现在她这个样子让我觉得很困惑,分辨不出来面前这个人是谁,既不像我记忆里的妈妈,也不像是转化前的妈妈。这有点像是她在演绎另一个现实。在那个现实里,她只是一个人类,还是个英国人,就好像是这间屋子、屋里的装潢把她变成了一个彻头彻尾的英国人。我把注意力集中在帆布背包的拉链上,仿佛那拉链被卡住了,我想着口袋里的小纸条,上面写着妈妈作为人类时吃的糖果,感到有点头晕,身子不大安稳。我背起背包,说:"我得走了。"

我走到妈妈身边,恰好站在她身后。说实话,我真心不擅长和妈妈道别,当然也不擅长问候她,即便在她以她正常的状态——一半人类、一半恶魔的状态存在时也是如此。"嗯,好,那,再见。"说着,我尴尬地拍了拍她的肩膀。但在我转身离开之前,妈妈一把抓住了我的小臂,睁大了眼睛,手指的关节因过于用力而发白,小声对我说:"小心点!"我眉头紧蹙。"有个男人在这里走来走去。"她说。

"没事的，妈妈，他是医生。"

"他喜欢你这种长相的女人。如果他看到你，他会跟踪你的。他还咬人。"她脸上满是绝望。

"说真的，我没事的，"我说。

"你不会没事的，"她摇着头，"你不会的，"

"好，"我再次叹了口气，"我会小心的。"然后我挣脱妈妈的手，说道："我必须走了。"

当我朝外走时，我看到她的脸垮了下来，看起来很悲伤，又迷迷糊糊的。她慢慢眨眼睛，目送我离开。

走廊里不见克尔医生。我左拐，转向通往外面庭院的双层门，而不是右转到接待室和候诊室。走着走着，我又想起了一些时不时会飘入我脑海的念头：也许，妈妈并没有像她经常告诉我的那样，是为了救我的命，才将尚是个婴儿的我转化成了吸血鬼。也许，她这么做，是为了有我来照顾她一辈子。

她转化我时我还小，已经记不清了。但她跟我说过，说我当时病得有多严重，说夜间她偷偷溜进保育室，拔掉了我的监视器，打开了培养箱，像取鸡蛋一样把我拿了出来。她把我紧紧地贴在皮肤上，但不像鸟儿以体温孵化鸟蛋，是我的皮肤在温暖妈妈的皮肤。接着，妈妈一手扶住我的头，一手扶住我的身体，咬了我脖子。我甚至都没哭。她继而咬了自己的手臂，让我吸吮。这是我吃的第一顿饭。我就这样得救了。

在我大约九岁或十岁的时候，妈妈告诉我，转化我是她一辈子最大的牺牲，"因为我不知道你会不会继续长大，还是会永远被困在婴儿的状态，永远成为我的责任"。但现在，我好奇她是不是从一开始就知道我会长大，好奇她说这话是不是为了让我一辈子感激她。如果是这样，那她的目的就达到了，那她的一切行为、她的疯狂、情绪波动、在我成长过程中传染我的自我厌恶，都解释得通了。我身上一切令我焦虑、让我止步不前的东西，一切让我觉得自己做错了事、走错了路的东西，一切让我觉得自己很坏很坏的东西，全都源自她，但我还是一次又一次选择原谅她。她曾经对我说过，她怀孕时曾如何担心会生出一个彻头彻尾的恶魔——一个长了眼睛的黑影，一个会吞噬人类、吸干他们所有人性的黑影。当她说起的时候，我以为她会补上一句"但其实你……"，或者"但其实我不应该担心"之类的话，但她没有。如今，我有时候会想，我对她来说是不是只是一件东西，一件让她可以将一切自我厌恶倾注其中、可以养成跟她一样自我厌恶的东西，这样她就不再孤单。"我们俩都是由死亡而非生命孕育而出的存在，"她曾经这样对我说，"我们来自结束而非开始，我们将永远在一起，直至死亡降临，直至世界终结。"

但我们分开了，彻底分开了。我觉得自己终于可以开始自己的生活了。但她身上的那种沉甸甸的孤独依旧负在我身上，仿佛永远都无法抛掉。

我搭维多利亚火车回伦敦,哪怕更舒适、更干净、速度更快的圣潘克拉斯火车将在三分钟后抵达,我也不知道自己为什么这么选。在某种程度上,这像是一种非常轻微的自我伤害。并不是说我觉得自己配不上更好的火车,而是我确实觉得与自己相配的,是一列肮脏的老火车,是一段漫长而不舒服的旅程。我上车的时候,车厢里几乎空无一人。我坐在四人一组的椅子上,椅子中间有张金属桌子。我用袖子擦了擦桌面,靠在椅背上,闭上眼睛,直到火车慢慢启动。我望向窗外的田野。火车经过几条小溪,被淹的田地边缘蹿出几只野兔,几座教堂闪过,孩子们正坐在学校操场上吃午饭。随后火车驶过一座长长的桥,我再次闭上眼睛,想到现在我和妈妈之间隔了一条河,不禁松了一口气。

下午,我回到画廊,清掉大约 50 个酒瓶的标签,在后天的开幕式上这些酒瓶会被用作烛台。我站在一个工业水槽前,这个房间看起来像是一个临时的清洁区域,休息的间隙里,我给克尔医生发了封邮件,告诉他今早探访的情况,并为未能在离开前找到他道歉。面前是一面朦胧的镜子,映出周围的环境,上面还沾了些许的油漆污渍。我没留意镜子映出了吉迪恩,他正站在我身后的走廊里。听见了他的声音,我才注意到他来了。

"你好。"他说。我迅速将手机装回口袋。"抱歉,我没想到会吓到你。"他笑着说。

"你需要这个房间吗?"我一边问,一边继续把瓶子放在架子上晾干。

"不。"他说着,走了进来,关上门。我本担心他知道了木偶事件,他却解释说:"我想和大家打个招呼,看看你们都怎么样。"

"挺好的,"我放下抹布,拿起另一个带了标签的瓶子,浸入肥皂水中,补上一句,"谢谢。"吉迪恩打扮得和前几天差不多:高领衬衫、深色外套和裤子。棕色鞋子擦得锃亮,鞋头很尖。不知为何显得比初次见面时更平易近人了。"你就是莉迪娅,对吗?"他问道,"继续干,别理我。"

"是。"我没纠正他说叫我"莉迪"就行。考虑到我们的身份,纠正他显得不太合适。我继续工作,把手浸入温水中,开始摸索刚刚丢进去的瓶子。摸到瓶子后,我拿起海绵,上下擦洗瓶身标签下涂了胶水的部分。吉迪恩坐在角落的凳子上,打量我。

"另外,"他说:"我还想为我们相遇的情景道歉。"

"哦。"我不明白他的意思。我本也打算为了这事道歉,为了第一天没认出他道歉。我把已经没了胶水的瓶子放在架上晾干,跟其余几个瓶子并排摆着。

"当时我没有认出你。你的父亲是小林太阳。"他从箱子里拿了一个瓶子递给我。我把瓶子浸入水中。

"你应该让它们先泡一会儿,你懂的,多放几个进去。"他递给我好几个瓶子,我一一放进水槽。

"你认识我爸爸?"

"不认识,"吉迪恩说,"但我收藏他的作品。"

我大吃一惊。"真的吗?"我从未遇到过任何了解爸爸画作的人。

"对。"我听得出他声音中带了一丝自满,似乎以为我会感谢他。

"你作为一个艺术家,肯定受到了他的影响,"吉迪恩不是在问我,而是在下一句断言,"你的作品一定也很有意思。"

"我觉得自己确实受到了他的影响。"我又一次感到内疚,因为我已经很长一段时间没有创作任何作品了。

"你们关系亲密吗?"吉迪恩问道。

"实际上,他在我出生前就去世了。"

"啊,我明白了。"有一瞬间,我觉得吉迪恩可能有点失望。他停顿的时间有点长,不知道是不是在等我详细说明,说起我爸爸或其作品的一些事。但随后他脸上的表情变了。

"在这里一切都好吗?"

"是很辛苦……"

"希瑟让你累坏了?"他笑了笑。

"嗯……"我意识到希瑟一定是上次把我安排在木偶展位的那个女人。

"别太在意她。她只会吠,不会咬。"吉迪恩站了起来,"好了,很高兴见到你。"他结束了谈话,点点头,关上门离开了。

吉迪恩走后，我坐在地板上，解锁手机，冒出了两个来自猩红果园的未接来电，还有一条我没听的语音留言。我把发给克尔医生的邮件保存为草稿，然后开始搜索吉迪恩。

我对他了解得不多，只知道他饱受尊敬，但也是刚当上总监不久。他被称为一位收藏家，收藏来自世界各地的艺术品和文物。他称这些作品为"世界艺术"，与"世界音乐"类似。我在《时尚》杂志上找到了一篇最近的报道，说他不喜欢"艺术收藏家"这个称谓，而是更喜欢"艺术倡导者"。这个词我以前从未听过，也不大能理解。文章中还说他乐意为年轻艺术家提供机会，并帮助很多人走上了创作这条路。文中提到了几个名字，有些我认识，其中两人曾获得过透纳奖，一人目前在蛇形画廊举办个人展。我不知道自己刚刚是不是应该多介绍下自己，撒谎说我有很多作品想让他看，要是他真想来参观工作室就匆匆忙忙做一些东西，是不是应该告诉他我将来也想成为一名策展总监。或许我应该坦诚一些，说在实习期间我希望能跟着某人学习画廊的运作方式。或许我应该直截了当地问他我能不能跟着他学习。

我搭公交车回工作室。解锁后，手机屏幕上依旧是那篇关于吉迪恩的《时尚》专访。文章附了一张照片，照片中的地板上、墙壁上，甚至是天花板上，都是来自世界各地的艺术品，照片正中是吉迪恩，坐在一把看似王座的木椅上。

看着照片中的他，我不免好奇吉迪恩收藏了父亲的哪些作品。我想知道他是不是在父亲还在世时购入了那些作品，他们是否见过面，吉迪恩是否帮助了父亲开启他的职业生涯。当我写完了并发送了给克尔医生的邮件后，我翻看自己的相册，好久才找到我一年多前在学位展上展出的作品。照片拍得并不是很好，但我截屏了其中最好的几张，这样它们就会显示在相册最上面，方便在下次有机会与吉迪恩交谈时展示。

我提前在特拉法尔加广场附近下了车。脑海中一个想法渐渐成形。在攻读学位期间，我创作过一些作品，我躺在诸如塑料、树木、石头这类很难腐坏的材料上，然后慢慢地把它们黏在我的皮肤上，或者用黏土、石膏把我自己和这些材料连起来，给连接处上色，让我看起来和这些材料——树皮、大理石、水泥等融为一体。我想让这些材料看起来像是我的一部分，我也是这些材料的一部分。现在想想，那些作品源于一种天真而稚嫩的渴望，渴望被大家看到自己真实的样子，渴望大家意识到我是一个不会腐烂的永恒存在，近乎人类，又并非人类。观众看着我慢慢完成黏合过程，心里多半不太明白这幅作品的意义何在，毕竟我绝对无法在艺术家简介或墙上的标签中揭示自己是个吸血鬼。何况观众也不会相信，只会担心我的精神状态。没了这些解释，大多数人都认为这幅作品必定是关于种族的，因为我长得和大家不一样。而现在，我涌起一股重新捡起绘画的冲动，想在一个有边界的、狭小的空间里创作，比如一块画布、一块木板或一张昂贵的纸，甚至可以是父亲曾经用过的丝绸，就在我的人类父亲最爱的材料上画，看看自己能否从创作中发现自己的形状，能否借由某种创作定义自己,一个脱离了妈妈对我的定义、脱离了妈妈赋予的迷信下的自己。我还不确定这幅画会以何种形式出现,也不知道自我会以什么形式出现,但我走在路上,在汹涌的人潮与车流中,脚步笃定,走向卡斯美术用品店,去买绘画材料。

5

今天是水獭画廊展览开始的前一天，我必须去画廊。我早早地醒来。楼里一片安静。我在工作室的地板上坐了一会儿，打开了电脑上的《主厨的餐桌》节目。这一集讲的是一个韩国尼姑的故事。我闭上眼，听她谈论寺庙的食物。听别人以不懂的语言说话，总会给我一种愉悦感。我专心倾听，试图辨别一些我能理解的词，但没有。偶尔，主持人会谈论蘑菇。偶尔，会有切蔬菜的声音，水沸的声音，热油飞溅的声音，碗碰击木桌的声音。我曾经想过，如果我是人类，也许我也会选择过这样简单的生活。

我睁开眼，解锁手机，照片墙上有条来自叶叶的消息，她是我读书时的老朋友。消息以"嘿，莉德"开头。莉德是我以前的昵称，我的朋友都这么叫我。我记得用那个名字生活的感觉——非常契合，比起莉迪娅，它更像是我的名字，我觉得多半是因为那名字让我在与叶叶交朋友时更有归属感。学校里除了我，只有她是亚裔，只有她懂得那种被人区别对待的感觉。我们过去常常一起在教室里吃午饭，会一同无视那些嘲笑我们食物怪异的小孩,那些人会说我的扁瓶里装的一定是狗肉汤,而叶叶的午餐盒里装的不过就是营养均衡的一餐:豆腐、白菜、米饭和荸荠。只有我们两人时,我们会把几张桌子拼在一起,我躺在叶叶身上,头枕在她的锁骨下方。每当我的手或脖子碰到她时,她总会因为我皮肤冰凉而躲开。尽管如此,我仍然很舒服,因为我很熟悉叶叶的身体。她的身材和我相似,成长的速度也和我相似,我们都四肢稚嫩、纤瘦,乳房尚未发育完全。但现在,我被抛在了后面,我的身体被时间冻结了。随着时间流逝,我跟她之前的相似与联系会越来越薄弱。

叶叶住在伦敦,但我没告诉她我也在。"你现在怎么样?我好想你啊!我想听你聊聊你的生活。你要是也在伦敦,一定要告诉我。"我读完消息,没有回复,多半也不会回复,即便我很想回复,很想跟她谈谈我妈妈,谈谈本,谈谈喝他的血的感觉——尽管喝的是毛巾上的血,尽管那血只有那么一点点,我也很想跟叶叶谈谈喝他的血是多么快乐、体内被多少生命力充斥,谈谈喝他的血像是对爱的一种表达,而不是爱的反面,但又仿佛自己的现实与其他人的是分隔开来的,两种现实不会重叠,永远不会。

在我青少年时期,妈妈曾经教过我如何失去朋友。她教我如何从别人的生活中悄然退出,这样他们终有一天会停止联系我,遗忘我的存在。她教我根据朋友的喜好显得无趣,或者表现得太过黏人,让对方主动想摆脱我。但这些教导我并没有真正用上，因为我本来就没多少朋友，除了叶叶。至于在艺术学院期间结交的朋友，我从不在课外与他们来往，加上我本来给人留下的印象就不深，他们中多半也没人真把我当作朋友，最多只把我当作相识或同学罢了。

"你跟他们不一样，你以为他们不会注意到你不老吗？当他们30岁时你还保持现在的样子？那当他们40岁、50岁时呢？从一开始，你跟任何人的友谊就是谎言，"妈妈在教我如何与叶叶断交时这么说，即便我不断抗议，"况且，莉迪，每个人生活里的每件事都是短暂的，只不过你的生命太长，这些事情对你来说比其他人的更短暂。所以，没什么好哭的。"

尽管如此，刻意与叶叶疏远让我觉得自己很残忍。她并不是那种因为朋友没回应或沉寂一段时间就会主动切断关系的人，即便妈妈说大多人都会这么做。但叶叶关心我。起初，当我不联系她时，她每天都会发信息问我是否安好，继而是每周发一次，再后来是每隔几个月。而眼前这条信息是这几年里她发来的第一条。我曾跟妈妈说起叶叶仍在联系我，她答复："就假装她死了，假装这些信息都是你想象出来的。"我关掉照片墙，锁上屏幕。妈妈教我的这些关于友谊的事，是为数不多我确信的事：人会老去、死去，就像花一样，是短暂的、季节性的存在，终会凋零，而我，我就像一棵常青的树。

到了画廊时，希瑟放我进来，带我上楼，来到办公室附近的一个房间，地板上躺着几个坏掉的人体模型，摆了几张沙发，柜台上有一台咖啡机和一堆咖啡胶囊，华丽的银盘上放了些谷物棒和饼干。"好了，那个，你不要碰那些东西，也不要碰冰箱和咖啡……"我注意到角落里的一个大冰柜正在低声嗡嗡作响，她继续说："但是自来水随你喝，好吧？你得给自己找个杯子。"希瑟说今天早上我需要给一堆木衣架贴上天鹅绒衬垫。

吉迪恩似乎不在，今天只有希瑟、我和另一个实习生在这里。那是一个年轻的女孩，可能和我一样刚从艺术学院毕业。她坐在木偶剧院里，紧张地从舞台上方的洞口朝外看。从她身边经过时，我本想对她微笑，但希瑟当时和我在一起，在那一刻，希瑟看着我，告诉我次日的开幕式我应该几点到。脑海里有个声音告诉我：在希瑟面前我不应该显得软弱，不应该表现出自己看见了木偶剧院里的那个女孩，不应该把自己和刚入门的实习生扯在一起。

"明天的客人非常重要，"希瑟说，"你明白吗？"

我点点头："明白。"

希瑟摇摇头，离开了。

我把沙发拖到充电口附近，坐在沙发上一边给手机充电一边忙。我把新加上衬垫的衣架放在左边地上的一个纸箱里，这样一来就可以一次性把这些衣架搬到楼下衣帽间了。有几个衣架缠在了一起，我开始整理。

理了许久，画廊已是一片寂静，另一个实习生多半已经离开了，希瑟也可能走了。我开始怀疑做完今天的工作后还会不会有人来告诉我接下来该做什么。但正理到一半时，我听到冰箱附近传来非常轻微的吱吱声——是地板的声音，这里的地板似乎多少有些松动。我抬起头，看到昏暗的门口站着一个男人，他正看着我。我眨了眨眼。

如果我仅仅是个人类，是绝不可能一眼就认出那男人就是吉迪恩的。但以我的真身，我能看清他的一切。我本要跟他打招呼，但眼下这情况让我略微不安，所以我只是保持沉默，用眼角余光瞥他。只见他站在门口的阴影里，看起来倒不吓人，不过也不太正常，那张脸看着又僵硬又冷漠，和我上次见到他时很不一样，他双眉间皱起一道明显的纹路，下巴紧绷，一对又小又圆的眼睛眨也不眨。我继续整理衣架，假装没有看到他。我把四块天鹅绒衬垫套在衣架的挂钩上，一边听着动静，一边等待他向我现身。

大概过了五分钟，一切都没有变化。每处理完一个衣架，我都会稍微转动一下身体，把衣架放进箱子里，借着这个动作，有那么一瞬，我总会用余光瞥见吉迪恩的身影，紧接着我便会转头看下一个衣架。我想站起来，走到冰箱前，打开门，假装里面有我的食物。但希瑟明确告诉我不要碰冰箱，但我还是担心自己是不是做错了什么事。也许吉迪恩在那里不是为了监视我，而是在我在场的情况下来监视冰箱、咖啡和装着谷物棒与饼干的银盘。或许我太危险，而冰箱、咖啡、银盘又太重要，吉迪恩需要守护它们不受我或其他实习生的影响。又或许这是另一个测试,吉迪恩正拿着一张印了我名字的清单,正准备在"抵制三种诱惑"旁边打钩——这倒也不奇怪,毕竟实习生在干的事是那么寻常又荒诞。他出奇安静,安静到我开始怀疑自己是否把一个影子误认为是一直站在那里的他了。

我拿起另一个没处理的衣架,又拿起一个衬垫。这个衬垫要难搞一些,因为上面的孔没有打好,很难把它套到衣架钩子上,我只能靠自己,硬把布料用力推到钩子上。干活的时候,我听到楼下传来一个大吼声,是一个女人的声音:"你就不能去找吉迪恩吗?!"随后楼上地板开始嘎吱作响。我抬头,吉迪恩已经消失了。整层楼随着他的脚步活了过来,甚至是我脚下的地板都开始动了起来,好像吉迪恩小小的身体比看起来要重得多,好像他携带的不仅是自身的重量,还有他对这个机构沉甸甸的影响力和权力。

那天早上剩下的时间里就没发生过什么事了。尽管还是独自工作,我却感觉与平时不同,总觉得很不安、很紧张。以往,每当有男人盯着我看时,特别是在公共场合,我就会想把自己的身体缩起来,这时我总感觉自己比平时更像个人类,更像个女人,感觉自己的身份更多是被我的身材而非内在定义。但现在,我真不知道该如何理解刚刚发生的一切。我不清楚吉迪恩所做的到底有没有什么不对。要是我让他意识到我能看到他,要是我告诉他我很不舒服,也许他会向我道个歉,转身离开。也许,他看我不一定是出于什么恶意。

也许，在一份普通的工作里，雇主也会一直监视他们的雇员。尽管我觉得自己在严格意义上还算不上是这里的雇员。我弄好所有的衣架，把箱子抱起来，准备拿到楼下。箱子不重，但很大，一抬起来，就会挡住我的脸，让我看不见前面的路。于是，我把箱子放到地上，拖着它往前走。走到门口，我经过一个书柜，里面的书都破破烂烂的，像是被读过很多次。我停下来，看着它们。

有些书是我以前没见过的，与楼下明天开幕式展览的主题相契合。其中有几本是关于沃尔特·波特的书，一本叫《甜蜜的死亡：小猫的盛宴》，另一本是《维多利亚时代的幻想家：媚俗文化的发明者》，还有一些关于嘉年华、露天集市、监狱壁画与艺术的书。有一本很厚的书，书名是金色的《偶像的肖像：从亚历山大涂鸦到彼得·布莱克的佩珀中士》。不过，也有我以前见过的书，一些我曾经——直到最近丢了自己的手提箱之前——有过的书。其中一本是关于抽象表现主义艺术家伯尼斯·宾的书。取自她的作品《伯尼瀑布》的颜色沿着书脊淌下来：深红色，略带橙色，黑色轮廓，衬托着像肤色的白色、棕色和桃红色；还有一本关于行为艺术家森加·尼古迪的书；另一本书是关于画家阿姆丽塔·谢尔－吉尔。我把最后一本从书架上拿下来，由中间打开，书上印了她的画《三个女孩》。我在那里站了一会儿，看着三个女孩的脸：平静，耐心，正在等待着什么。画上的她们紧紧地挨在一起，仿佛姐妹，但我觉得不可能是，她们三人的相貌迥然不同。

长大时，我曾把一张印着这幅画的小明信片贴在墙上。明信片的另一面是空白的，但我一直留着，因为我是在爸爸画作的木框背后找到它的。后来那张明信片也遗失了。但在那之前，我经常看明信片上的那幅画，觉得我知道——像是真的知道，像是自己能感觉出来似的——画上的女孩就是吸血鬼，知道她们仍然生活在这个世界上，看起来和谢尔-吉尔在1935年画她们时一模一样，知道总有一天我会见到她们。我还是个小孩子的时候，我就决定要画这样一幅画，画中三个女孩静静地等待着三兄弟从房子里走出来，被她们吃掉。

尽管没有证据表明这世上还有别的吸血鬼，我还是对这幅画着了迷。妈妈总是会告诉我，并不存在别的吸血鬼，每当我辩驳说不可能，她就会让我别烦她。有一次，我觉得自己确实差点就见到了一个。那是在一场小学同学的生日派对上，我莫名被另一个女孩吸引。当其他孩子在吃蛋糕的时候，我和这个女孩在球池里玩耍。靠近她时，我感受到了她身上熟悉的气味，以及熟悉的冰凉。但我还没来得及问她任何问题，妈妈就把我从球池里拉了出来，带我回家了。那之后，我再也没有去过生日派对。所以这幅画就成了我唯一的证明，即便谢尔-吉尔画的绝不是吸血鬼。我还坚信，因为我在爸爸的遗物里找到了一张印了这幅画的明信片，意味着要是他真的见过我，他定会爱我，接受我吸血鬼的身份，他甚至也会给我也画一幅画，也许用的还是和谢尔－吉尔用过的相同颜色。

我不自觉地把这本书塞到了包里，就放在包里的木偶旁边。我不知道是什么促使我这么做了。也许是因为我觉得自己被吉迪恩轻忽了，也许因为我有点愤怒，愤怒于迄今为止这份实习跟我期待的完全不同，愤怒于在这个机构里、在吉迪恩的凝视下我是这么微小而脆弱。我拿走了伯尼斯·宾的那本书，还有一本黄绿色的书，书名是《俄罗斯木偶戏剧的冒险之旅》，心想这本书也许能让我了解一下木偶制作，也许我还能知道被我偷走的那个木偶的身份。这些书都很薄，没了它们，书柜看起来也没有什么变化。我拉上拉链，背起包，继续拖着那一箱衣架往前走，又困惑又紧张，但也很开心，一如我上次偷走木偶时一样。

等走到门口时，我听到楼下传来沉重的脚步声。声音逐渐变大，直到所有的地板再次开始嘎吱作响。希瑟走到我面前，站在最上面的台阶上："你他妈究竟在干什么？弄得像在拖尸体似的。"站在她身后的是吉迪恩，他一边下楼梯，一边喝着外卖杯子里的咖啡，他的眼镜挂在衬衫上，衬衫最上面的扣子已经解开了。

我低头看向箱子，又看向吉迪恩。他的眼睛很黑，那对眼睛正在看着我。我不禁想，是不是只有我能看见他，他是不是能藏在阴影里而不被人类注意到。希瑟根本没有向我提及他的存在，也没有介绍我，只是怒视着我。

"喂？你有没有在听啊？"

"噢，"我把注意力转向她，"对不起。"

"你不会是在踢这个衣架箱吧，对吧？"希瑟问。"衣架不能断，"她声音变高，眉头挑起，"这个箱子不能弄坏。你明白吧？！我们再也承受不了更多的灾难了！"

"我……"我很难理解纸箱坏掉怎么就变成一场灾难了，也不能理解怎么在地板上拖箱子就会把它弄坏了。

"不行。"希瑟摇了摇头，"别说了，别和我顶嘴。起来。"

"什么？"

"把——箱子——抱——起——来。"

"哦。"说完，我努力地按照她的指示，把箱子抱到面前，跟着她，呼哧呼哧地迈着脚步离开了房间。

当我走到吉迪恩站着的那级台阶时，我感觉自己的气息像是离开了身体，就好像我刚刚呼出一口气，但无法吸入下一口，因为吉迪恩偷走了整个空间里的所有氧气。未曾看到他，我就先感受到了他的存在。希瑟的脚步声沿着楼梯一直向下，直到楼梯底部，她停下来等我，但我必须放慢脚步，箱子快要碰到站在一侧的吉迪恩。我从他身旁挤过去时，我感觉到他的衬衫拂过我的右手，衬衫下他的皮肤非常温暖，继而一颗纽扣擦过我的右手，随后，令人心惊的是，右手竟然触到了衬衫没有盖住之处的毛发，甚至察觉到了由他鼻孔呼出的气息——炽热，温暖了我的大拇指。一经过他，我就看到了他的脸。他在对我微笑，笑容友好，好像正在说："哎哟，抱歉。"但他没出声，什么也没说，也没有发出任何声响，仿佛不愿彰显自己的存在。我回以微笑，继续往下走，但就在这时，我感觉到有什么东西拂过我的后背，继而拂过臀部。起初，我分不清那是衬衫的下摆还是袖口，接着我明白了——那是他的手指，在我的臀部上摸索，仿佛要从那上面拽下一块似的。他的嘴靠近我的脖子，呼出的气息让我的皮肤发热。过了一会儿，他松开手。我不知所措，踉跄地走下楼梯。等我走到楼梯底部，把箱子放到地上，抬头去看吉迪恩时，他已经走了。

在回工作室的路上，我有种恶心的感觉，脚步不稳，仿佛我的身体既不属于我，也不适合我。就好像下一步，我可能会不小心踏出这具身体之外，将它留在身后，留下一个只有空壳的女人，就这样一动不动地站在人行道上。路人看着她，不知道她在做什么。回到工作室的时候，我分辨不清自己是什么感觉，是又饿了，还是愤怒——为我人类那部分而愤怒，借由人类那部分而感受愤怒。在黑暗中，我解锁手机，发现有一封吉迪恩的电子邮件。这封邮件是从他的个人 Gmail 账户而不是工作账户发来的。我点开它，稍感慌乱，像在担心自己莫名做错了事，但邮件只是写着：

莉迪娅好，

昨天和今天两次见到你，我感到非常高兴。很希望能够跟你好好聊一聊，听听你作品的更多细节。我相信，在接下来的几周里,我们会有足够的时间聊天。

> 祝好,
>
> 吉迪恩

我读了几遍,不知道该作何感想。我很困惑,这封邮件像是在说,"今天发生的事情没发生"或"今天发生的事情很正常"。我锁上手机屏幕,在地板上躺了一会儿,感觉很痛苦,眼前的房间像是在旋转,我的内脏在翻腾。我在地板上睡着了,体内恶魔的部分开始做梦,梦到了一些能让我感觉好点的东西。但等醒过来,我已不记得那个梦是关于什么的了。

之后,我把印着《三个女孩》的那一页从阿姆丽塔·谢尔-吉尔的书上撕下来,撕得很整齐,先把纸折叠起来,再舔一下折痕。接着,我把桌子推到墙边,把从画廊顺来的书和从滑铁卢桥下书店买的三本书竖起来,这样它们就靠墙立直了。我把木偶也从包里拿出来,让她背靠着墙坐在书旁边。我面对着她,就像看着一面镜子。我都忘了我给她取了自己的名字。"你好,莉迪娅,"我大声说,"莉——迪——娅。"我把《三个女孩》那幅图放在她旁边,这样所有女孩的目光都转向了她。我想象其中一个女孩在问:"今天发生了什么?"

我让木偶回答:"呃,我不知道。"

我拉出椅子,把腿架在桌子上,大腿上放了一小块画布。不是上了漆的画布,而是一块呈桃粉色的棉布。我开始用浅蓝色颜料描绘木偶身形的轮廓，心想：在她深棕色的木头脸蛋衬托下，浅蓝色看起来会很漂亮。我许久没创作了，对绘画并不是很自信。我上一次画画，还是在中学高级水平考试期间。

笔下木偶的蓝色身形瞧着已经有点不对劲了，看起来很空虚。即便我知道木偶实际的内里也很空虚，但不知何故，在现实生活中，她总让人觉得那体内装了些什么。画了大概五分钟后，我停下来，把画靠在书旁边的墙上。

我打开伯尼斯·宾的书。我凝视着她的作品《贝拉斯克斯家族》。我不知道她是怎么画的。我想像这样画画。这幅奇怪的画中有一些人，一个人长了一张绿色的脸，眼睛红得吓人。另一个人像只动物，长了很多条用黑色颜料画成的肢干，白色颜料画就的脸上没有五官。还有一个站在窗前的女人：红脸、黑发、黄肤。我把脸凑近，近到鼻子碰到书页，近到我只能看到它。然后我把书竖起来，站起身，向后退，退得离书页尽可能远，远到只能看到一个彩色的小方块。画上的颜色和粗糙的纹理交织在一起；站在这里，这幅画与更古老画家的共同之处变得清晰起来。卡拉瓦乔的《马太的神召》的光线和形状，都在这幅画里，就好像《马太的神召》或许是宾的这幅画的祖先一样。它太美了。在它旁边的，是我自己开始尝试创作的画，一幅看起来与所有艺术史完全脱节的画——丑陋的球状蓝色符号，使木偶看起来一点也不像她仿照的人类，而更像一个怪物。我的画很丑，但不是那种有意为之的丑，而是无序、混乱，简直是一团糟，由似乎并无联系的碎片拼凑而成。每当这种时候，我总希望自己能打电话给爸爸，向他寻求建议，让他来教导我。

关于爸爸的艺术，妈妈只谈过一次。那天我碰巧遇到了她状态较好的时候，我问爸爸还活着的时候他的作品反响如何。"每个人都说他的作品很美，很精致，但其实丑得很。"她答道。我只见过爸爸的几幅作品，但知道他用了非常大胆的黑线，涂得很厚，看起来就跟用焦油画的似的。爸爸的画很丑，但那是一种刻意的丑，残酷而暴力。

"爸爸有没有告诉过你，他的画是关于什么的？"我问妈妈。

"他告诉我这是关于战争的，关于战争之愚蠢。你知道，他的父母在东京经历了轰炸。"

"真的吗？"

"对，但这里的每个人都认为他的艺术是如此精致，如此日式。"妈妈一边说，一边整理她的床。她把被子抖进被套里，系起扣子："但它非常人性化。这也是我喜欢你爸爸的原因。他非常人性化。"

我走到她身边，帮她。她在一端，我在另一端，每系一个扣子我们就靠近一步。"妈妈，你从来没告诉过我他是怎么死的，"我小心翼翼地问，"是发生了什么——"我刚开口，妈妈却并不理会我，仿佛我什么也没说，而是愤怒地指着被子一角:"莉迪娅!你必须把被子好好放进被套的一角!"她生气地把我推开,开始解我刚扣上的扣子,然后提高了声音,说:"我什么都得替你做,是吧?去楼下吧,莉迪娅。我来做。"

我坐在地板上,背对着我的画,解锁手机。我有两个来自猩红果园的未接来电和一封来自克尔医生的邮件。我躺在地上,把手机举到头顶上读:"亲爱的莉迪娅,谢谢你的反馈。你妈妈没有再发生暴力事件,我们对此感到高兴。然而,我们想讨论一些其他事情。你有时间接电话吗?"

我锁上屏幕,把手机放在地上,推了一下,让手机撞到墙上。我不愿去想妈妈。有时候我觉得我没有爸爸是她的错,就好像我在怪她没有把爸爸也变成吸血鬼,没有像留住我一样把他也永远留下来。我背上包,准备出门去买睡觉用的东西,也许再找些用来画画的木头。在我走之前,我打开放干猪血的盒子。盒底还剩下一点点。我舔了舔手指,然后用手指蘸了蘸粉末。本的毛巾还在这里,就在盒子旁边的地板上。当我把手指放进嘴里、吸吮干猪血粉末时,我把注意力集中在毛巾上面的粉黄色污渍上。猪血粉末还是很恶心。之后,我用水漱口,张大嘴巴,四处走动,想把嘴巴晾干。

它就在那儿,就在河岸的正中间,相当漂亮:绿蓝相间的羽毛,白色的翅膀,锈红色的胸脯。一只死在河堤上的鸭子。它是那么纯净,躺着的姿势也是那么优雅,看起来像一个雕塑，而不是一只动物。直到现在，我从来没有认真想过让一只鸟的血液——何等美丽的造物——连同其灵魂，其在河水推动下漂浮、在天空中飞翔、冲破云层的经历，在我的体内流动。我艰难地走下通往沙地的石阶。今天风很大。我的头发被吹得蓬乱。我往前走，头发被风吹到面前，即使有石堤挡风，我的头发也保持着那个模样。我走到沙地上。走着走着，鞋子下陷了一点。

在我往河岸走的时候，有一个人在上面看着我。他站在堤岸上，倚着金属栏杆。我抬头看去。他很帅，很年轻，穿着羊毛大衣，漂亮的靴子，皮肤很好。他身材高大，可能六英尺*高一点点，肩膀宽阔。

在这里，水在风的推动下，化为波浪，涌上沙地。水边到处都是垃圾：塑料碎片，金属碎片，木头碎片，狗屎，狐狸屎，卫生巾，尿布，几根骨头。我吸了一口气，空气中弥漫着甜甜圈的味道，附近有个小摊。然后我呼气，尽可能呼出大口的气，清空体内使我成为人类的一切。我蹲在鸭子旁边，把手从口袋里拿出来，放在鸭子的身上。天啊，它还是温热的。我的嘴巴溢出一连串的口水，止也止不住。

那个人还在看我。现在，他的脸上露出关切的表情。我的大脑几乎一片空白。我朝他眨了眨眼睛，又低头看了看鸭子。接着，我抓住鸭子的脖子，把它从沙地上提了起来。

---

*　1英尺约合0.30米。

鸭子比我预料的要长得多。我抓着头下面的脖子。它的腿随之摆动，沉甸甸的。我带着鸭子，顺着台阶走上去，脸上的头发被风吹开。我走上河堤，心情舒畅，嘴唇湿润。我快饿死了。

"嘿。"当经过那个人时，我对他说。

我确信，当我这么做的时候，当我甩着鸭子大步走的时候，当我的头发被风吹得前后飘动的时候，当我踏上他身边的土地的时候，他差点就摔倒了。

在回工作室的路上，我不停地回头看。回到房间里，我在水龙头下清洗鸭子的身体。它很小，也许只能算半顿饭。但随后我就咬住它的脖子喝了起来。那血仍然新鲜、温热。我一边喝，一边抬头看着镜子。天啊，我真美，我心想。

在吸干整只鸭子的血后，我睡着了。醒来后，我跟随笑声上了楼。我还换上几天前买的衬衫和男装短裤，套上靴子。我感觉通体舒畅，吉迪恩的记忆已渐渐退去。我的皮肤感觉不像自己的，不像那种在楼梯上被触摸过、在阴影中被凝视过的皮肤，而是像一种能轻易长出羽毛的皮肤——防水，肤色还是那种美丽的纯白，正是妈妈化妆时一直想要的那种白。我发现自己来到了那"地方"——工作室的公共区域，那里有一张长长的餐桌，两侧摆了长凳，顶上挂了一串串小灯，到处都是植物和鲜花，地板上放着懒人沙发和其他柔软什物。

这里有七个人。我能听到他们每个人的心跳声。"嘿。"

有人招呼道。我转头看过去,是走廊里的那个女人,往常系了头巾的头发今天披散下来,宛若脑袋旁悬了一个巨大的黑色光环。她一出声,屋内其他人纷纷转头看我,朝我挥手或微笑。有几个人也说了声"嘿",我点头回应。只有本,他正在切蔬菜,一抬头看到了我,但随后就低下头,假装没有看到我。站在他旁边的是一个东亚长相的女人,头发梳成髻,微微靠在他的身上,把东西放在砧板上让他切。女人朝我微笑。

"你想加入我们吗?"我那层楼的女人向我走来,摆手示意我坐下,"这里的食物多得很,对不对,沙克蒂?"

"是的,当然!"灶台前的那个女人应道,她正在煮意大利土豆丸子跟茄子。在她旁边,本的耳朵红了。

"乐意至极。"我感到莫名自信,深吸一口气。透过香料、大蒜和洋葱的气味,我闻到了几种不同香味的洗发水、香水、汗水、口气,还有其他东西的细微气味。体内的骨头感觉很轻盈,好像其中充满空气,好像我举起手臂就能飞离地面。随后我呼气,再次有了落地的感觉,然后我笑了,走到另一侧。

"我们终于正式见面了!"同一楼层的女人牵起我的手,真是令人意外的亲密之举,让我忽然觉得自己很受欢迎。她没提起我的皮肤有多凉,只说:"我叫玛丽亚。"

"莉迪娅,"我的声音听起来和平时不同,更容易被听到,"也可以叫我莉迪。"

玛丽亚把我领到餐桌前,桌上摆放着不配套的盘子。

"你是在 A14,对吧?"玛丽亚说。在她说话时,桌对面一个男人倾身伸出手:"嘿,我是詹姆斯。"我握了握他的手。"哇噢,好冰。"他说。

"嗯,我是在 A14。"

"那个,你做什么工作?"詹姆斯问,"等一下,等一下,让我来猜一猜。"

玛丽亚摇了摇头:"詹姆斯,别这么做。从一个人的外表来猜测对方的工作也太简单粗暴了,太糟了。"

"噢,好啦,你不开心只是因为我总能猜对。"

"你猜我就没猜对。"一个声音说。是刚刚一直贴着本的东亚女人,她拿着一碗橄榄,坐到了桌旁:"让我想想,你之前说我画什么来着?精致而精准的铅笔画,对不对?还是小幅画作?你只是对我有种族偏见。"本也走过来,坐了下来,但他没有看我。相反,他的注意力放在了詹姆斯身上,詹姆斯正在举起双手反驳:"再等等,再等等,你还没有发现真正的自我。"玛丽亚拍了一下詹姆斯的脑袋。

"你们之前见过吗?"玛丽亚问,在本、那个东亚女人和我之间来回指着。

"哦,见过,我认识本。"我说。

"我,"本一边说,一边直直盯着玛丽亚,"我在莉迪娅来的第一天带她转过这里。"有一瞬间,大家似乎都在等待本介绍那个东亚女人,那个女人也在等本引介。但本只是低下头,看着桌子。那个女人困惑地看了本一眼,伸出手来和我握手:"你好,我是安珠。"

安珠,原来她就是安珠,我的脑袋里似乎有个声音在说话。我还感受到了另一种奇怪的优越感。我已经尝过了她未婚夫的生命,已经感受过他悲伤的印记、激情的痕迹,还简短地体验过他的一段人生。我绽开笑容。

"莉迪。"我说,然后扫了一眼本,他没有抬头。"那……你是做什么工作的?"为了缓解紧张的气氛,我问道。

"我画画。"安珠说。

"哦,这样啊。哪种画?"我问。

本从他的座位上站起来,低声咕哝着"马上回来",穿过我进来的那扇门,离开了房间。他的脚步声渐渐消失。

"那种大型的人物肖像画。"

"安珠的作品超棒。"沙克蒂来到桌边说。她放下一碟茄子,茄子已经被从中间撕开,里面填满了一种深红色的东西。"你吃吗,莉迪娅?"沙克蒂问,"这里还有很多。"

"哦,事实上我已经吃过了。"我说。

"那你吃了什么?"詹姆斯问。

"鸭子,"我下意识回答了,"但这看起来很好吃,那是什么,辣椒酱吗?"沙克蒂点点头,对我微笑。就在我这么说时,我意识到那鸭子的血在我的血液系统里循环,我几乎能感受到那血顺着我的胳膊往下流,抵达指间,再回流,在后背上寻觅莫须有的翅膀。

"要喝酒吗？"詹姆斯问，把酒瓶朝我面前的酒杯倾斜。

"谢谢，不用了。"我摇了摇头。

"嘿。"一个年长的男人坐到桌旁，"我是马克，这是乌特。"另一个女人用很重的德国口音轻柔应声。我越过桌子和他们握手。

"你们知道吗，安珠的作品下个月将刊登在《弗里兹》杂志上。他们为她做了一个大型的专题。"玛丽亚说。

"哇噢，那也太棒了。"我说。

"是的，祝贺你，安珠。"马克说。他也有德国口音。他往桌上放了一盘蘑菇炒饭。"多亏了本，我们才能喂饱自己。本呢？他不在这里？"

"哇，看起来好好吃。"沙克蒂说。

"本出去了。"安珠说。

"安珠，你应该告诉莉迪娅——噢，对不起，莉迪，可以这么叫你吗？"我点点头。"你的电视人物系列作品。"玛丽亚对安珠说。

"哦，对。"安珠犹豫地说。她脸红了。沙克蒂正把一整个茄子放到她的盘子里。"我画的算是在看电视的人的大幅肖像画。"她低头看着她的茄子，把梗拔下来。我感觉她并不是很想谈论她的作品，对于这种感觉我知之甚深。当有人问我做什么时，我通常都会心里一沉，或是因为我常常并不知道自己在做什么，或是对自己所做的事并不自信，不是前者就是后者。不是艺术家的人也经常问我，然后会说："我是真的不懂当代艺术。你知道，这有点……"接着他们板起面孔，"我总是觉得，我或许也能画，你明白吗？在这里涂一些颜色，在那里再涂一些。但我确实不懂。对不起。""哦，没事！当代艺术并不是人人都能懂的东西。"我一般会这么回应，哪怕这在本质上与我相信的截然相反。

"听起来很有意思。"我说。

"她并没有解释清楚！"玛丽亚说，"它们并不只是看电视的人的肖像画。简单来说，它们有人那么大，而且她是照着照片画的——"

"有时也是照人画的。"安珠补充道。我看到她用一把餐刀把茄子切开，茄子里的馅从盘子里溅出来，形成一个红圈。尽管刚刚才吸干了鸭子的血，但我此刻又开始饿了。我看着她盘子上的红色辣椒酱，反射着灯光，感受到一股嫉妒萌芽。安珠把一块茄子递进嘴里咀嚼。安珠是一个日本名字，她多半吃过日本食物，可能还去过日本，可能在那边有家人。她可能还有爸爸，她绝对有本。她是一位成功的艺术家，看起来很自信。她娇小漂亮，似乎每个人都喜欢她。

"你应该解释一下。"玛丽亚说。

"好，那个……"安珠放下手里的刀叉，"我根据照片和真人创作，画那些看电视的人，但我不画电视或房间，也不画他们坐的沙发或椅子……人算是飘浮在白色的空间里。我画的就是生活中某种悬停的瞬间，对于很多人来说，这是他们生活中很大的一部分，审视这个瞬间，感觉像是我们能够把这个瞬间翻转，绕着这个瞬间走动……"

"噢，太酷了，"我说，"那个，怎么只想到了电视？"

"我还创作了一系列关于火车的画，也只是这些人悬停在空间中，在他们周围没有别的东西，没有座位、行李、手机、食物。我旨在打造一个彻底干净的空间，就像，就像那种实验室的空间？而处于其中的人是主体，他们周围没有任何平日里能定义他们、影响我们对其认知的客体或事物，你明白吗？"

"我很想看看。"我说。

"欢迎你随时来看。我的工作室就在坎伯韦尔的家里。"

"那些画在现实生活中看可了不起了。"玛丽亚说。安珠抬头看她，笑了笑。

"你的作品是什么样的？"我问沙克蒂。一问出口，我立刻感觉大家都安静了。突然间，每个人看起来都专注于盯着自己的食物。

"我现在不怎么创作了。已经有几个月了。"沙克蒂沉默片刻才开口。她低头看着自己的盘子："说来话长，但我正在努力弄清楚自己究竟想要什么。"

"我觉得你应该重新开始创作。"玛丽亚说道，然后转向我补充，"沙克蒂是一位石雕家。她做成对的大理石雕塑，有点类似芭芭拉·赫普沃思，但并不完全一样。她是在延续赫普沃思的创作脉络。"

"我们都在哀悼沙克蒂的石头。"在桌子另一端的马克补充道。

"嗯。"沙克蒂说。

"你为什么停了?"虽然问出口的瞬间,我又觉得这问题可能太私人。然而在她回答之前,房间里传来了一阵拖鞋声,是本回来了。"嘿!"他说着,看起来焕然一新。

"噢,嘿,本,看我和乌特,"马克的口音让他说的每句话都像音乐一样,"我们成功种出了这种蘑菇!"他把那个盘子举起来。

"哇,伙计们,这看起来,太好了!"本说,"闻起来棒极了。"他坐下来,往盘子里放了个茄子。其他人也纷纷加入。詹姆斯倒好了酒。沙克蒂貌似很开心话题变了。

"祝大家都有好胃口。"玛丽亚说。

"祝大家都有好胃口。"马克附和。沙克蒂安静地举起玻璃杯。我捕捉到她的视线,对她微笑,她也回以微笑。

"我们应该举杯,庆祝安珠的成功,"詹姆斯说,"莉迪娅,我先给你的杯子倒一点,之后我来喝掉就行。"他倒了一点酒给我。"敬安珠!"我们一起碰杯。这是我不曾有过的体验。我通常会完全避开聚餐。当收到邀请时,我要么不露面,要么彻底拒绝。在艺术学院时,我不怎么参加社交活动,讲座或小组会结束后我就回家,跟妈妈一起吃饭。我从来没有和别人共饮一瓶酒,也从未有过和陌生人边吃饭边聊天的经历。这种感觉非常神圣——被分成一份份的面包,盛在盘中的茄子,倒在杯中的美酒,温暖的灯光。我感觉自己属于这里，感觉寓居在我体内的是一只鸟的灵魂，而非一头猪的。

"噢，等等，停一下！"马克用洪亮的声音说，"在德国，当我们祝酒时，我们总会看着彼此的眼睛，这样更礼貌。"他和我一起为大家演示。我看着他的眼睛，那是一双深棕色的眼睛。每个人重新开始敬酒，互相看着对方的眼睛，笑了起来。本从桌子那边不好意思地看着我。他笑了。我们的杯子碰了一下。"对不起。"我用口型对他说。他摇了摇头。他的眼睛是浅蓝色的，下面挂了眼袋，看起来很疲惫。

饭后，房间角落里有个米色的小团子动了起来，然后大家开始呼唤"猪猪""猪猪""猪猪"。原来是一只哈巴狗，它朝桌子走来，抽着鼻子。"要玩'把猪递给我'的游戏吗？"旁边的玛丽亚问。

"把猪递给我！！"本大叫起来，高举酒杯，脸红得发亮，一把将小狗抱到怀里。在堆叠的层层皮肤之间，两只又大又黑的眼睛探了出来，朝我这边看。

"噢，沙克蒂，我必须得走了。我得去赶最后一班车，也就是，"乌特看向她的手表，"17分钟之后。"

"噢，不要，乌特。"詹姆斯说，又给自己倒了一杯酒，"你就不能留下来玩一轮'把猪递给我'吗？就玩一轮？"

"对不起，我不能，"乌特非常小声地回答，"真的很高兴见到你。"她对我说，然后握了握我的手。"也许我们会再见。"说着，她指了指天花板，指向她的工作室所在的地方。晚餐时,她告诉我她创作的是肖像,帮人们描绘他们希望成为的样子:飞行员、护士、作家,住在乡间的房子里,做父亲、母亲。这些肖像可以放在小锁匣里,挂在脖子上。她说她可以帮我画,而我说我会想想自己希望成为什么样子。她握了握我的手。"祝你开幕式晚会顺利。"她继续和下一个人说再见,"谢谢你,沙克蒂。"沙克蒂正在用锡箔纸打包一些剩菜,好让乌特带回家。哈巴狗现在回到了地上,正在小心翼翼地朝我走来。"谢谢,谢谢。"乌特一边说,一边离开。

"要玩'把猪递给我'吗?"玛丽亚问我。

"嗯。"我说。

"这是猪猪,"玛丽亚抱起哈巴狗,"是我养的狗,通常情况下,我们在这里聚餐的时候,会玩一个游戏叫'把猪递给我'……"

她被本大叫的"把猪递给我!"再次打断。安珠在水槽边回头看着他,她正在洗杯子。我注意到她看起来有点生气,小声对站在她旁边的沙克蒂说了些什么,沙克蒂点点头。

"好,好的,本,"玛丽亚说,"总之,我们每个人都去厨房找点东西涂在脸上,比如黄油、奶油芝士之类的东西。我会先一一检查,确保猪猪可以安全食用。"她一边说,一边用鼻子蹭着猪猪脖子上的皮肤褶皱。"小可爱,"她继续说,"然后我们各自躺下,把猪猪传下去,谁的脸被猪猪舔得最久,谁就是赢家。它是个善变的小东西,所以它最喜欢的食物一直在变。"她耸了耸肩:"所以,嗯……我知道这个游戏有点无聊,但这已经成为一种传统了。"

"好的,"我说,"那赢家会得到什么?"我问。

"名声!荣誉!"本大声说。

这感觉像是回到了小时候玩捉迷藏,或在复活节找彩蛋的时候。我看到詹姆斯用花生酱糊了本一脸,又在他自己的脸上糊满了花生酱。安珠用奶油芝士装饰了一下自己的脸。她用芝士在两个脸颊上各画了一个圈,又在鼻子上画了一条直线。我在脸上涂了少量的橄榄油,然后像涂乳液一样把橄榄油抹到皮肤上。

"本,本,本。"本朝我走过来,他的脸上沾了花生酱,而我正在涂抹自己的脸。此时,安珠已经在房间的另一头,和沙克蒂、马克在一起。我在冰箱旁边。本抓住我的肩膀。

"本,你在做什么?"我说。

"本,本……"他的脸向我的脸凑过来。

"本,你是本。我是莉迪。"我说。

"本,我觉得,我觉得你只是……"他摇头,"你太美了,而且是那么……"接着他走掉了,朝安珠走过去,试图去亲她,但她没好气地把他推开了。"本,你脸上都是花生酱。"她说。

在地板上,我刻意没有躺在本的旁边。相反,我躺在队伍末尾沙克蒂身旁。慢慢地,狗狗顺着每个人的脸朝我走来。当它走到我面前时,本在游戏中处于上风。狗狗那张奇特而怪异的脸俯视着我。

"你好。"我对它说。我能感受到它的温度。它的呼吸很响，像是在挣扎。它按在我胸膛上的爪子很烫。它低下头，开始嗅我，嗅了很长时间。随后，它开始舔我，但不是刚才我涂抹了橄榄油的那部分脸，而是开始舔我的下巴和脖子，还有我的头发、我的嘴唇、我的鼻孔，所有的地方。我意识到，那只鸭子的血肯定溅到了我身上，在来这里之前我根本没有好好清理自己，只是用化妆棉擦了擦嘴巴。狗的舌头极度温暖，它小小的身体贴近我，贴得那么近，我能听见血液在它体内流动，能通过它爪子上的肉垫感受到它跳动的脉搏。我开始幻想咬住它，啃它的骨头，吮吸骨头里的每一滴血，感受生命离开它的身体，进入我的身体，体验它的一切记忆：住在垃圾堆里，成为玛丽亚的宠物，被玛丽亚遛……就在这时，玛丽亚的闹钟响了，每个人纷纷欢呼。也是在那一刻，狗蹒跚地后退，离了我的脸，呜咽着。

"好了，"玛丽亚冲过来，一把抱起它，"大家只是在庆祝。"但我想，也许它不是被欢呼声吓到了，而是被我吓到了。也许它察觉到我正在从人类转变为更野性的存在，也许是它瞥见了我的牙齿。

我找了个借口离开，说我得回肯宁顿了，不想走得太晚。詹姆斯提出陪我走回去，但我拒绝了。"我又不咬人！"他说。"不是的，不用了，我明天还得早起。"我答。

我向大家告别，除了本，他已经在懒人沙发上睡着了。安珠说了她的电话号码，让我之后联系她。然后我溜了出去。

我走了几步,沙克蒂钻了出来,喊住我:"嘿!等一下。"她半跑半走地穿过大厅。"嘿。"她说。

"嘿。谢谢今晚的招待。"我说。

"不客气,"她说,"关于水獭画廊……"大家都在吃饭的时候,我已经告诉了他们我最初几天实习的所有事情,关于我被安排在木偶售票亭的事情,还有我必须清洗的瓶子、必须为衣架添加衬垫的事情。我没有向他们提起被我偷走的木偶或书,也没有提起希瑟,没有提起吉迪恩在阴影里监视我,或是他站在台阶上,在我拖着脚步从他身边走过时,用他的手摸了我的身体。原来,沙克蒂几个月前也在水獭画廊实习过,而且提前离开了。我还没来得及问为什么,她就转移了话题。"你要小心点。"她这时说。

"什么意思?"我问。

"意思是,你要小心吉迪恩。他有点变态。"我感觉呼吸困难,皮肤刺痛,好像吉迪恩就在这里,就在这条走廊的阴影里。

"好的,"我点点头,"谢谢你。"接着我走到一束温暖的光线下,这道光线是从那"地方"敞开的门缝里透出来的。沙克蒂倾身给了我一个拥抱。她的身体很温暖,触及我时,她感叹:"哇噢,你好冰。"

下了楼,我打开前门,用力关上,以防有人在听。随后,我走到自己的工作室,尽可能悄声地开门、关门。

房间里有股很奇怪的味道，一种发霉的泥土味、铁锈味和什么东西腐烂的味道。被吸干血的鸭子尸体依旧在水槽里。脖子弯折，靠在水槽边缘，头悬在外面，双眼睁开，似乎在看我。墙上的镜子上被溅上了一些细微的血迹。

我走到鸭子跟前，再次咬住它的脖子，努力吸取它体内可能还残留的血液，但它已经干涸了，只剩下一些并非血液的粉色液体。我舔着它脖子上的伤口，从羽毛上吮到一滴血，然后用手指把镜子上干掉的血迹刮下来，再把手指舔干净，吮吸指甲，直到一滴都没剩下。

我在桌旁的椅子上坐下。我的画还在那里，靠着墙立着。现在，我看着它，在聊了一整晚的艺术后，在听了关于安珠的作品以及她即将被《弗里兹》杂志报道后——我觉得自己的画看起来也太业余了，既缺乏信心，意图也不够明确。木偶已经滑下来，躺在了桌子上，仰头看着天花板。我拿起她，放到手里。"嘿，莉迪娅。"说完，我用她小小的手去取我从画廊偷来的那本关于木偶制作艺术的书。她把那本书抽出来，其他书纷纷倒下。她拖着那本书走向我，将书的第一页打开。

6

我一直在画，画了一整夜，用深棕色覆盖了所有的蓝色。画中央是黑色与明亮的电光蓝组成的暗结。黑色颜料上，还添了一些白色小星，是用我最细的画笔点的小星星。在暗结中心，我加上了两只深邃的红色眼睛、一个长而弯的鼻子和一张咧开的小嘴，呈现出一张木偶的脸。一团乱糟糟的颜料组成了她的衣服，在那衣服上我画了两只手，两只尽我所能描绘出的美丽的手，那是人类的双手——金黄的皮肤，姿态优雅，以我自己的双手为原型。其中一只手，我还让她拿了一支画笔。

昨晚一开始，我就把整本木偶书读了一遍，木偶在我手里，为我翻页，每次翻页她的头都向前摆动，拍打着文字和图片。我读到了作者尼娜·艾菲莫娃这样的句子："木偶使人恐惧……它们不以美丽吸引他人，而是以隐秘的魅力。"还有这句："木偶最初是由没有脚的木偶之神创造的。它们从台下跳上舞台，退场时俯冲下台。"每次我读到像这样的句子时，我就低头看着木偶莉迪娅，对她说："看，这就是你长这样的原因。"凌晨两点左右,我读到书的结尾,那里有作者拥有的木偶照片。值得注意的是,我的木偶就在上面,在第三张图片上,在她的创造者手中看起来快乐而自在,我看见她生姜般的鹰钩鼻,乱蓬蓬的黑发,黑色的脑袋和破烂的衣服。我朝标题看去,上面写着:尼娜·艾菲莫娃和木偶芭芭雅嘎(Baba Yaga)。

"天啊,"我说,"那是你吗?"我让木偶点了点头,抚摸着纸张。"那是你妈妈吗?"她又点点头。"芭芭雅嘎。"我大声读她的名字。我在谷歌上搜索这个名字。

搜索显示,芭芭雅嘎是斯拉夫神话中的人物。她是巫婆、地母、怪物、暴风雨的化身,她食人,在俄罗斯代表死神。她的名字"芭芭",源自"祖母"这个词;而"雅嘎",来自更负面的词:恐惧、惊颤、愤怒、邪恶、暴怒、疾病、虐待、鄙视、剥削、质疑、担忧、痛苦。"哇,芭芭雅嘎。"我说,她看向我,满脸漠然和无辜。

我看到,芭芭雅嘎在上千个神话故事里出现过。每一次,她都遇到不同的人,多是年轻男人,常是在森林里迷路的旅人。她住在一个只靠一对鸡腿撑起的木屋里,要么沿途帮助他们,要么吃掉他们,她张开的嘴巴有时能从大地延伸到天空。我读到,在她的小屋里,经常可以看到她躺在火炉上,从小屋的一个角落伸展到另一个;旅行时,她坐在臼中飞翔,以杵作桨,用扫帚扫除身后留下的飞行痕迹。"哇,那也太怪异了,雅嘎。"我发现,人们用来描写她的语言经常充斥着粗鲁和憎恶，把她的身体——尤其是她的生殖器官和乳房——描写成令人作呕和腐烂的存在。我把她抱得更紧了，继续往下读："芭芭雅嘎有时喝牛奶，有时喝血。"

"噢，天啊。"我靠到椅子上，看着我手里的雅嘎，她点点头，好像在说："是的，我们是同样的存在。"

在那之后，我就一直在画画，应该画了有八个小时，直到我能听到人们来楼里工作的声音。我画画的时候，雅嘎被我套在手上，而不是放在面前。我的手放在她的体内，仿佛我的手变成她的灵魂、她的人格、她的性格。这感觉真好——我们融为一体，成为彼此的一部分。我想象着，剩下的鸭血在我的体内流淌，然后流进她的体内。

现在，我把画竖起来。画上是一幅黑暗、疯狂的杂乱景象，我没办法理解它。在画的中间，芭芭雅嘎的脸似乎消失在一个深邃的洞里。一股强风吹起了她的头发，吹得她的头发在脑袋周围打转。在谢尔-吉尔的《三个女孩》和宾的《贝拉斯克斯家族》旁边，她看起来不再格格不入，而是有种混乱的平衡感：人类、怪物、木偶融为一体。

我躺在工作室的地板上。昨天，我买了一张用来睡觉的瑜伽垫。买得有点小了。我把那件时钟套头衫卷起来，这样一来它就成了一个小枕头。我身上披着买来的夹克。雅嘎还被我拿在手里，我在谷歌上输入制作她的艺术家和"木偶"这个词，又在新闻标签下搜索。我还在搜索条件中加上了"OTA"，但什么也没搜到，只找到了一篇完全无关的文章，内容是关于一名与这位艺术家同姓的吹哨人，这个人在几年前对马耳他的司法系统提出了质疑。对于这样的搜索结果，我真是如释重负。我的雅嘎并没有——也许根本不会被上报失踪。毕竟，她就那样被丢在木偶剧院的角落里，毫无生气，昏迷不醒，被灰尘覆盖，无人问津。不管怎样，如果确实有人注意到她不见了，但曾有那么多实习生被安排坐在木偶售票亭里，那嫌疑人就太多了，根本无法缩小调查范围，也没有任何线索，唯有我的画能把她和我联系在一起。这画我必须藏起来，不给任何人看。

后来，我沿着河边散步，朝着水獭画廊的大概方向走去，我收到了本的短信："如果我昨晚做了什么或者说了什么，我真的很抱歉。我们稍晚的时候能谈谈吗？我整天都在工作室。可以下楼去找你。我现在出去了，但今晚迟些时候会回来。等你通知。"

他立马又发来了另一条短信："我的意思是，如果我说了任何不好或令人尴尬的话，我很抱歉。"然后又是一条："嗯，我意识到，昨晚我多半是说了。"还有一条："希望你今天一切顺利。"然后又是一条："昨天很高兴见到你。"短信以横幅形式连续出现在我的屏幕顶部。我把音乐关掉，开始回复消息。

"嘿，本，别担心。我玩得很开心，你也没有真的让你自己难堪。今天晚上我要去参加水獭画廊的开幕式，要不明天再聊?"然后我又发了一条信息:"顺便说一句,安珠人真的很好。"

"没有真的让我自己难堪?也就是说多少还是有点难堪,对不对?"

"哈哈,"我回复,"也许有一点。"

一个骑自行车的人绕过我,对着我吹口哨。我再次走到了堤岸上,迎着风走着。下雨了。我试着以一个不会弄湿屏幕的角度举着手机,输入:"稍后给你发短信。我现在在外面。下雨了。"随后我锁屏了。

我一边走,一边留意着河岸,看能不能找到有什么可吃的。体内的鸭血已经不多了,只剩下一点点,在我的体内流啊流。这是一顿饭最糟糕的部分——就在血消耗完前的最后一刻,你能感受到动物生命的最后时刻。对一头猪来说,生命的最后时刻通常意味着和其他猪一起排队等待,听着前面的猪被电击屠宰枪击中的声音,意识到自己也会遭遇同样的命运;哀嚎着,徒劳地试图逃跑。然而,对这只鸭子来说,生命的最后时刻意味着它在泰晤士河上的最后几次飞翔,它感受到的不再是自由,而是一种即将到来的、它试图逃离的虚无感。我迈着脚步,不仅感受到了自己的饥饿,还感受到了这只鸭子的饥饿,在离世前的最后几天里它什么都没吃。我看向沙子,不禁思索:若是自己真发现了什么死物,要怎么办?我正在去画廊的路上,自然不能把它带走。也许我可以在发现它的地方直接动口。这里是伦敦,即便我被看见了,多半也不会有人真的做什么。有一次，我乘公交车时，看到窗外有一个西装革履、看似完全正常的男人跳到一只看起来很恶心的鸽子身上，鸽子猛地跳了起来，周围看到这一幕的人都尖叫起来，但那男人只是继续往前走，没有人采取任何行动。今天的河水似乎涨高了不少，能看到的沙地很窄，上面几乎什么都没有，只剩一点垃圾，还有几块看起来已经被水流冲洗干净的骨头。几艘出租船在波浪上颠簸而过。草地上坐了个人，两脚之间支着一个罐子。他看着我，笑了笑，把两个手指放在嘴前，舌头在两指间摆动。"死女同。"在我经过时，他低声说。

等我走到切恩步道，这条路因画家透纳在此逝世而闻名，我拿出手机，心里在想不知他是死在房子里还是在别的什么地方，还是就死在了这条街上。但这条路我是知道的，因为诗人兼艺术家但丁·加布里耶尔·罗塞蒂曾在此遛过他所有的珍奇动物。正因为这件事，伦敦颁布了一条关于遛袋熊的法律，貌似说过了特定的时间就不能遛袋熊了，或是你只能在这条路上遛它们。在这里被遛的那只袋熊是以威廉·莫里斯之名命名的，如今莫里斯的设计会出现在一切东西上——午餐盒、可循环使用的竹制咖啡杯、笔记本。我喜欢想象罗塞蒂的动物鬼魂们此时聚在一起，沿着这条河散步，窥视着街角的比萨快餐店，徘徊于附近的皇家艺术学院的工作室间。我继续走着，想象另一种现实，在那个现实中，我把罗塞蒂的动物都吃了，咬了一口威廉·莫里斯的袋熊，体验了这只袋熊在罗塞蒂工作室里的生活：看着罗塞蒂逐渐画出珀耳塞福涅的肖像，看着油画上珀耳塞福涅在吃的石榴一笔一笔被画在画布上。我想知道袋熊是否和罗塞蒂一起去了他的妻子兼缪斯伊丽莎白·西德尔的坟墓，罗塞蒂挖出了她的尸体，以便发表为她写的陪葬诗歌。我想知道袋熊在阴影里目睹这一切的时候在想什么。

我给安珠发了条信息："嘿，安珠，昨天晚上认识你真的很开心，你想不想见个面？在见过你们之后，我算是画了我这辈子的第一幅画，然后我又不认识什么画家，所以……"我删掉了后面的部分，所以整条信息就是这样："嘿，安珠。昨天晚上认识你真的很开心，你想不想见个面？"然后点击发送。手机上有一个猩红公园打来的未接电话，但我不理，点了一下未接来电，不让它以横幅显示。我转过拐角，身后河流淌过。水獭画廊已为当晚的开幕式装饰一新。正门悬挂着一串串的灯。门是开着的，狂欢的灯光由室内倾泻而出。

一切都变得迥然不同，但很难准确说出是怎么个不同法。沃尔特·波特的作品变得更显眼了，壁画上的短吻鳄吃杂技演员吃短吻鳄也更显眼了。经过走廊时，我的注意力被这些艺术品吸引住了。墙壁上点缀着一些我以前没注意到的飞鸟图。不知是否只是那些一直堆在这幕后的种种杂物都被清理干净了，还是说灯光也变了。更确切地说，也许变的不是灯光或杂物，而是我——我创作了一幅自己喜欢的画，让艺术重回到我的生命，成了我生命的中心。

我停在了沃尔特·波特的《小猫的盛宴》前。它看起来也不一样了，现在有一道暖光照在上面，像为画上的宴会点起了蜡烛。猫儿们看起来全都欣悦而平和，一边说着话，一边给彼此递蛋糕。其中一只猫站在桌尾为大家倒茶。氛围愉悦。我以一种全新的怀念之情看着它，想象着猫的盘子里放了填满馅料的茄子，浸在一碟辣酱油里。我想象猫咪在谈论它们的艺术，在谈论其中一只很快就会登上杂志。

我穿过红色帘子。在帘子另一侧，宴会桌上摆放着漂亮的陶器、餐具和水晶玻璃杯，全都是空的，处于待用状态，一个男人点燃了从空瓶子的瓶口伸出来的蜡烛，那些空瓶子正是我前几天洗过的。在房间一角，乐手正在调试乐器。在桌子上方，一对杂技演员在空中秋千上来回摇摆，轮流接住对方，还表演了其他特技。他们像长了翅膀似的在空中飞。正如我第一天入职时一样，也有人在调灯光。"暗点！再暗点！灯光一定要暗！调暗灯光，把灯光调暗！要让人注意到烛光，不然折腾那些蜡烛做什么？"希瑟的声音盖过了我身后的嘈杂声，然后她直接冲着我。

"你穿的是什么啊？马上去楼上换衣服。楼上会给你分配一个房间。"她语速很快，我环顾四周。哪里都看不到吉迪恩，只有希瑟。

"好的。"我说。我对她微笑，她却对我皱眉。

上楼时，我经过吉迪恩摸了我的那段楼梯。周围的温度貌似没有什么变化，但一走到吉迪恩曾经站过的地方时，我感到全身发冷，宛若穿过了那一刻凝聚而成的某个幽灵。

我去了上次摆了沙发的那间房。灯光昏暗。装着燕麦棒和饼干的银盘还在这里。冰箱在角落里嗡嗡作响。咖啡机旁边有一大堆胶囊。这些东西之间站满了人，所有与我年龄相仿的人都尴尬地站着，有些人穿着画廊提供的黑色上衣，上面印了画廊的标志——O、T、A三个字母整齐地排列在一起，在上衣胸口处形成一个近似邪教符号的新形状。女人们转向墙壁，想在不被留意的情况下换衣服，先是套上T恤，然后由里面脱掉上衣。我认出了其中一个人，就是继我之后待在木偶剧院里、我决定不打招呼的那个女孩。其他一些人我也认出来了。其中有些在我独自待在木偶剧院时也经过了我，也没有和我打过招呼。现在，他们一看到我，就立刻转过身去。没有人真的愿意交流。房间里弥漫着令人尴尬的沉默，好像每个人都调控成不和对方说话的模式。

我走向第二天实习时我在木偶剧院见到的那个女孩，打了招呼："嘿。"一边说一边换衣服。一穿才知道，这些T恤都是一个尺寸。我把它套在衬衫外面，再脱掉衬衫。T恤在我身上长得像一条裙子。

"你好。"她说话间带着法国口音，声音很小，似乎很惊讶我和她说话。我意识到其他人也纷纷转过头，看着我们。

"我是……"说着，我朝她伸出手，还未完全伸出，希瑟就进来了。

"在这张单子上查一下你们被分配到哪个房间了,"她招呼都没打,直接开门见山,"去你们的房间。不准带水和食物。这很重要。每个小房间安排一个人监督。大一点的房间,最多可以安排五个人监督。在吉迪恩来之前,赶紧过去。解散。出去。别站在一起。"

"请问,"坐在沙发旁边的一个人举起了手,他个子特别高,但长着一张温柔、孩子气的脸,"我们今天的实习什么时候结束?"

"你们要一直待到活动结束。"希瑟答。

我被分到了一个小房间,只有我一个人。房间里很暗,墙上挂着 P. T. 巴纳姆的怪物画,被照得很亮,其中穿插着艺术家的自画像。五颜六色的海报复制品上写着"世界上最老的女人——乔治·华盛顿的奶妈!"和"大胡子女士!"。其中有一幅大象的尸检图,旁边是黑人女性做的尸检广告。海报上还有世上最小的男人、斐济美人鱼、狗脸男孩乔乔的海报。我感觉怪怪的,不知道怪在哪,反正让我有点恶心,有点像是我脱离了脚下这块地方似的,随时可能摔倒。自进了这个房间,我就有这种感觉。我收到了安珠的回复,她答应见面,似乎很热情地邀请我下周去她家的开放工作室,还把地址和细节发给了我。玛丽亚还在 WhatsApp 上给我发了一条语音信息,我在楼上放了沙发的房间里听了一下,她说她明天也会去我的工作室参观。一想到有了新朋友,我有种眩晕的感觉，又很感激，感激自己能像人类一样活着，能像昨晚一样和别人一起吃饭。但我感受到的不仅如此，还有一种困惑，不知自己究竟是不属于这个房间，还是恰好属于这个房间。

客人们八点半开始陆陆续续到达。我听到其他房间传来的声音，听起来那么快乐、放松，不像是这里工作人员的声音。人们喊出吉迪恩的名字，好像大家很高兴见到他，所以我知道他也在这里。在此之前，我没有意识到自己多么担心会再见到他。但现在，我觉得自己的身体发生了一些变化，像人类自我感到暴露、不安时那样的变化：头发都竖了起来，身子一动不动，身上的每个部分都像是变成了周围动静和危险的传感器，而我则倾听着，等待着，把背靠在墙上，这样身子至少有一面有了防护。

但吉迪恩并没有来我这间房。最先进来的只是那些看起来举足轻重的人，穿着得体，服装搭配异常合理而协调。有些是长相古怪、上了年纪的人。他们或是一个接一个，或是成双成对，或是三五成群地出现在畸形展览室门口。他们一边观赏作品，一边从我身旁走过，头戴挂在墙上钩子上的耳机，打量着海报和照片。有些人似乎看都看不到我。我静静站着，盯着前方眨眼。不过，也有人戴着耳机看了我一会儿。我一动不动地站了很长时间，嘴唇干涩。

渐渐地，人越来越多，聚在房间正中，背对着墙壁和图画，大声聊天，用细长的香槟杯饮酒。另一类人也开始出现，是名人，有些我以前见过、听说过，有些连听都没听过。某个知名喜剧演员也在这里，独自在房间的边缘神秘地游荡，从眼镜上方端详画作，是现场为数不多会关注这些作品的人之一。还有一些知名艺术家，在艺术界地位如此之高，以至于他们似乎觉得自己无须再去看别人的作品。其中一位是面料设计师，身穿一件金色细线织成的衣服。他一到，所有打在艺术品上的灯光似乎都暗了下来，所有客人的注意力都转到了他身上。我从阴影中观察着这一切，感觉自己越来越像这栋建筑的一部分，融入了墙壁之中，我伸手触碰身后的砖块，想象着自己的皮肤与它们融合在一起。

一个拿着相机的男人走进来拍照，每个人看起来都很坦然，喜剧演员在大胡子女士的照片前徘徊，房间中央的面料设计师看起来像是从珠宝盒里走出来似的，其他人成群结队地站在这里或那里聊天。他们都假装看不到摄影师。只有我跟他打招呼，他也是唯一一个承认我存在的人，但不是用语言，而是让我换了两次地方，这样他就可以从不同的角度拍摄我不在房间里的照片。他把一只手放在我背后，然后像抓着我的颈子似的揪住T恤，慢慢地把我引到他想让我待着的地方。

很快，响起了开酒的声音、餐椅拉出的声音，房间空了下来。食物的味道弥漫，即便我没吃过，也已学会像辨别花朵一样，根据气味来辨别食物：蘑菇、糕点、高热量奶酪、鲑鱼、腌柠檬。大厅里响起了一阵阵喝彩和欢呼声，弦乐四重奏演奏的狂欢音乐声响起,紧接着有人发表了演讲,大家齐声笑了起来。我靠在墙上,累坏了,倒不是因为做了什么而累,而是看着人们在我面前欣赏艺术让我心累,看着艺术对他们来说毫无意义的样子让我筋疲力尽。

"你好。"一个女人的声音响起。我睁开眼睛,甚至都没意识到自己闭上了眼睛。我环顾四周,但没有看到任何人。接着,从贴了"已售"标签的大象尸检图旁的那扇门走进一个我认得的女人,是一名演员,以扮演疯女人出名。她大步朝我走来,穿着一条黑色连衣裙,上衣是一件和服风格的暗红色天鹅绒外套,上面绣了花。"你好。"她站在我面前,又说了一遍。

"嘿。"我回应。我喜欢她的长相——那对眼睛又大又圆,一张圆圆的白脸,被浓密的黑发包围着,看起来恰似满月,与"疯狂"这一主题恰好契合。"哇,瞧瞧你!"她说。

我能闻到她呼吸里的酒味。

"瞧瞧你,"她又说了一遍,上下打量着我,"你太可爱了。还有看看那个……"说着,她挑起一束头发,露出下面非常修长、白皙的脖子。我的嘴里立刻充满唾液。这个女人的脖子完美无瑕,没有任何印记,没有皱纹,什么都没有。"我们太般配了!"她感叹。

"噢。"我说完,模仿起她的动作,也挑起我的一束头发。女演员走近我,用她的头发和我的头发相触:"干杯!"她靠近我时,我隐约能听到她的脉搏在我耳边快速跳动。

"干杯。"我笨拙地回应。

"天啊。"她说,我们的手短暂地握了一下,我感受到了她的温暖,她应该也感受到了我的冰冷。然后她抬头看我的脸,看我的眼睛,她那对眼睛睁得大大的,仿佛认出了我。她顿了一下,问:"你是艺术家吗?"

女演员身后响起另一个声音。"不,"是希瑟的声音,"她是实习生。"

"哦。"过了一会儿,女演员又上下打量我,然后问,"那你能和我交换一下吗?"

"什么?"我问。

"我可以扮演你一会儿吗?"

我没有回答。我不明白她是什么意思。

"求你了?"她说。

"快点。"希瑟对我挥手,让我赶紧走开。

"快点,这里换她看管一会儿。"

"什么?"我说。

"快点。"希瑟生气地低声说。

"哦,好。"我从墙边走开,女演员溜到我的位置上,微微拱起背,靠在砖墙上,茫然地望着前方,脸上带着郁郁寡欢的表情,奇怪极了。希瑟走到一旁。"走吧,"她低声对我说,"走啊,你叫什么名字来着?"

"嗯……"我说。先前那位面料设计师走进房间。我注意到他手上拿着女王和魔鬼的木偶,正在和旁边的人谈论如何帮助工人阶级参与艺术创作。"我和你说啊，现在最重要的是让他们参与到所有的阶段。让他们自愿献出自己的时间来举办展览，让他们花自己的时间制作隔板，粉刷墙壁，挑选作品。这是一种社区主导的方法，我十年来一直在说的这事。"

我转向希瑟。"我叫雅嘎。"我心不在焉地说。

"雅嘎？"希瑟说，"好的，随便吧。现在你出去吧，雅嘎。五分钟后你再回来。"

我离开房间，留下希瑟站在角落里，盯着假装看管整个展览的女演员，盯着手里拿着木偶的面料设计师，那人正和某个貌似策展人之类的人在讨论社区参与。一时间，我只觉得这些人——他们所有人——全都令人生厌。

我走到外面，深深吸入一口夜晚的空气。有人给了我一支烟，是一个年长的男人，拿着打火机俯身靠近我，用打火机帮我点烟，随后朝我眨了一下眼睛，就走开了。他一直在和一群人说话，听起来他们都是格林公园附近一家知名大型商业画廊里的高管。时不时地，他会回过头来看我，他一看我，那群人中的一个女人也会看向他。我在想他们是不是情侣。我离其他人远远的，靠在墙上，仰望天空。天上有几颗星星，在褐色云层的映衬下非常暗淡。其实吸烟我也吸不出什么，只是任香烟燃烧，偶尔把烟举到嘴边，轻弹烟灰，看着橙色的火光时而熄灭，时而燃起，最后在我踩上烟蒂时彻底熄灭。

昨天晚上在那"地方"留下的那种兴奋感，那种我是一个成功的成年人——最重要的是,我是一个成功的人类的感觉——已经消失殆尽。我抬头看了看水獭画廊,灯光在烟雾的笼罩下变得模糊,里面挤满了不时出来大声说笑的人,我就这么看着,同时感觉体内的鸭子最后一次飞行即将终结,它的身体落在堤岸上,疲惫而沉闷。

我毕业已经一年了。很快,我就再也找不到实习的岗位了。我离开艺术学院的时间太长了,其他应届毕业生会渐渐取代我。实习之后我又该何去何从呢?太蠢了,我根本没有长远规划。我本来以为我会在水獭画廊实习,和策展人、总监密切合作,然后因为优异的工作表现而被直接雇用。我曾想象过每天穿着漂亮的衣服走进办公室,与办公室的每个人融洽相处,最终拥有自己的办公桌。在马盖特,在我和妈妈一起吃饭时,我都在仔细研究激浪派、民间艺术,哪怕妈妈想和我说话,我都让她噤声。我准备好了在此接受相关知识的测验,准备好了在此提出自己的策划想法。我这辈子一直在学校里经历各种测验,从来没有认真考虑过现实是截然不同的东西。当然,现实也理应是截然不同的东西。

我不知道其他人是怎么办到的,不知道要怎样才能从现在的我——照片里被抹去的我,被女演员取代、仿佛从未存在过的我——抵达我想去的地方。再过几个月,我就没钱付工作室的租金了。为什么所有关于吸血鬼的书籍、电影和电视剧中的吸血鬼都那么成功而富有,能够租下甚至买下工作室、公寓、豪宅,乃至整个庄园?他们都是怎么养活自己,怎么保持强大的？为什么他们，即便是那些灵魂仍在的吸血鬼，都能如此轻易获得血液，而我甚至连弄来一些新鲜猪血都那么艰难？即便是从一只瘦骨嶙峋的鸭子身上获得的东西，我连替代品都很难找到。

我想放弃，只想贴在这面墙上，闭上眼，什么都不做——不再试图融入人类世界，不再试图交朋友、创作艺术，不再试图寻找血液、养活自己。也许我就这么待着，一息尚存，小植物和蘑菇会从我身上长出来，将我变成一个美丽的存在，意识丧失，但依旧活着，依旧能以不同方式供养其他活着的东西。我可以变成一块栖木，供鸟儿或松鼠逗留，也可以是一件艺术品，供人们前来观赏。我可以待在这里，像一块石头，经历阳光雨露的洗礼，毫无改变，永恒存在，直到有人给我带来食物喂我。

"莉迪？"我转过身。本从水獭画廊门口的烟雾中冒了出来。

"本？你在这里做什么？"

他穿着一件衬衫和一件漂亮的夹克，搭配灰色裤子和一双小白鞋。"我去了附近的英国皇家艺术学院（RCA）画展。有个朋友的几幅画在里面展出，我本想着可以来这边见见你，但这里是邀请制。"他看起来有点醉醺醺的。

"好吧，邀请制这事我本可以跟你说的。你为什么不给我发消息？"

"我给你发了。"他说。

我从口袋里拿出手机，上面有四条本发来的信息："嘿，我在RCA，你结束后想来这里和我会合吗？""我可能会顺道去邀约画廊（offer）看看沃尔特·波特的作品""打错了，是水獭画廊（otter）""还有，待会儿见"。

"你今天的实习结束没？"本问。

我回头看向那栋建筑。"严格来讲没有。但……我想我应该算是结束了。"

"RCA雕塑展也在举行，你想和我一起去吗？我想接下来去那儿。"本看了看他的手机，"现在是十点半。你肯定结束了吧？"

"你的朋友呢？"我问。

"谁？"

"就是有画展览的那个人。他们在附近吗？"我真的不想认识新的人。本抓了抓脖子，留下几道粉红色的抓痕。我看着抓痕慢慢消退。

"在的，但他得守在他的作品旁边，你懂的，社交之类的。"

我点点头，回头望着那栋建筑。"开幕式会一直持续到凌晨，"我说，"我本该待到结束。不过，嗯，我不知道，只是感觉我有点受够这个地方了。"说这话的时候，我才第一次想到这个问题。

本拿出电子烟。那是一个方形的小盒子，看起来和烟完全不像。一股甜甜的白烟从我头顶飘下来。

"像是彻底受够了？"

"也许吧。"我告诉他有个女演员抢了我在畸形展览室监管的位置。"我觉得自己很渺小,被看扁了,"我说,"很难再看到美丽的事物了。"我惊讶于自己的坦诚。

"是的,"本好像他也认同我的话,但随后他又问,"什么意思?"

"我也不知道,就是艺术,"我说,"在艺术学院,我可以只关注艺术本身。那是一段真正纯粹的经历。我要做的就是学习。但是,现实世界里的那么多人,他们毒害了一切。"

"嗯,"他说,"哇,是的。"他顿了一会儿,吐出一团甜甜的烟雾,问:"那你想去吗?"

我点点头。"我去拿东西。你在这里等我。"

我回到里面。所有人都离开了大厅,待在不同的展览室和走廊里,全都背对着墙壁;地板黏糊糊的,灯光暗了许多。我穿过畸形展览室,那里面几乎所有作品都贴上了"已售"的红色标签。现在有另一个人站在我的位置上,正是我在楼上差点结识的那个法国女孩。她闷闷不乐地站在角落里,没入阴影,一位著名的收藏家正弯着腰和她聊天。我上了楼。那个放了沙发的房间空无一人。我找到自己的衬衫,换好衣服。

离开时,我经过一个有单人椅的办公室。黑暗中,吉迪恩正坐在椅子上,双脚搁在堆满书的小桌上。周围的地板上放着裹了气泡膜的物品和箱子,里面装的大概都是艺术品。他专注地读着手里的一张纸,鼻尖上架了一副透明边框的眼镜。这是自楼梯事件以来我第一次见到他，体内涌起一种奇怪的感觉，仿佛我的一部分——也许是人类的那部分——想要逃离，拽着我朝出口走，而另一部分却想留下来观察他，只顾把我的双脚钉在地上。

吉迪恩看起来很虚弱，仿佛甚至无力站起来，身体陷在椅子里，反向显出他的身形，让我想起第一次见到他时的感觉，只不过此刻这感觉更加强烈了：吉迪恩看起来像一个正常人眼中的吸血鬼，不是因为他的衣着，而是因为他那苍白的、尸体般的脸，空洞的眼神，羸弱的身体，他几不可闻的呼吸，以及他的完全静止——连房间里的灰尘动得都比他还多。妈妈曾经告诉我，她相信我们族类起源于一种疾病，一种源于权力和殖民主义的疾病。当一个人曾经夺取了太多不属于他的东西——别人的家园、财产、牲畜、农场、身体，就会被诅咒，再也无法用本属于人类的食物来滋养自己的身体，只能摄入不属于他的东西，他的生命也会被延长至永恒。这种疾病蔓延开来，最终使得殖民者和被殖民者都受到了影响。我不相信这个故事。要相信它，我就必须相信上帝，但我无法确定我是否相信。即便如此，我依旧从中学到了一些东西。即便这故事没有将我自己的起源告诉我，它至少让我了解到妈妈对自己的看法，了解到她的自我厌恶从何而来。

话说回来，夺取大抵无益于灵魂，这多半就是我眼前所见：一个夺取了很多东西的人。我能感觉到吉迪恩身上的这种气息，就像我能感觉到有人跟踪我一样，就像我在吃饱后能感觉到别人的心跳一样。我知道他拥有很多东西：从沉船中打捞的艺术品，古城里的艺术品，一副由达明·赫斯特用钻石装饰的头骨，来自世界各地的艺术品，年轻、年老和已故艺术家的作品，当然，还有我爸爸的艺术品。吉迪恩很富有，他的生活因文化而充实。但他的身体只能静静地倚在一张古老而华丽的单人椅上，近乎营养不良。

我觉得很奇怪，吉迪恩拥有我爸爸的部分作品，意味着他的钱间接供养了我妈妈，意味着他在某种程度上也跟我当前的生活状态有关。这让我想起了一个子宫里的婴儿，对母亲吃下什么毫无发言权，只能任由脐带将生命之血输送体内。光是这个想法就让我感到恶心。

"你在做什么，莉迪娅？"吉迪恩突然问道，眼睛没有离开他手中的纸，"迷路了吗？"我不知道该说什么或做什么，只能趁他未抬眼，尽可能迅速而安静地离开，希望他会以为看见我只是幻觉。

在下楼的路上，我撞见了希瑟。她手里拿着一杯喝的，眼皮沉重，两颊涨得通红。

"你好，雅加（Yana）。"她说。

"嘿，"我说，"我现在正准备回那个房间。"

"你已经被换走了。"她有点口齿不清，"吉迪恩要你星期一到楼上的办公室去。早上十点。"

"好。"我抬头看向台阶，台阶上通往的正是吉迪恩的办公室，他多半还在里面坐着。我看了看希瑟，问："为什么？"

"他肯定很喜欢你的样子。"希瑟说。

"是只有我和他吗?"我问。但希瑟没有回答。她摇摇晃晃地下楼,高跟鞋的鞋跟踩到了台阶的边缘,她必须紧紧抓住扶手才不会摔倒。我立刻下去扶她,挽着她的胳膊,慢慢给她引路。走到楼梯底下,她看着我,我还以为她会和我道谢,但她没有,而是用一种恳切而绝望的奇怪表情看着我,好像她是绑架案的受害人,而我是一个刚刚敲门的推销员,目睹她站在绑架者的后面。然后她就走了,走进人群之中,此刻的人群已经变得像一只巨大的、跃动的动物,一个在房间里移动的单一有机体。就好像画廊这只水獭浑身嘎吱作响,痛苦不已。享受盛宴的猫儿和勤奋的兔子又在座位上颤抖起来。

"你知道为什么沙克蒂离开水獭画廊吗?"我问本。我们正一起走去看 RCA 的雕塑展。一路上,本一直在说安珠想让他戒掉电子烟,说还没有充足的研究说明长期吸食电子烟不会影响健康。但我一直心烦意乱,总在想今晚吉迪恩是不是在监视我,只不过我没有发现。前段时间我读过一本佐拉·尼尔·赫斯顿的小说,我记得小说开头就是法老以影子的形式出现,不为人察觉地进入一个正在分娩的女人的房间并监视她。我不知道吉迪恩能不能做这样的事情。或许,他并非躲在畸形展览室的黑暗中,而是他就是那黑暗本身。这是一个愚蠢的想法。在内心深处,我知道他只是一个普通人类——

那天我从他身边挤过去的时候,我感受到了他的温暖。

"嗯,我不知道,我不记得她告诉过我,只记得她在同一时间停止了创作,"本说,"真可惜,她的作品真的很棒。你为什么问?"

"只是好奇。你觉得画廊里发生了什么吗?"

"你是说有人说她的作品不好吗?不会的,沙克蒂很坚强。"

"我是说,也许是其他事。比如,可能有人伤害了她?"

"嗯,"本说,"我不知道,我也不想妄加揣测。她没告诉过我这样的事。"

在 RCA 内部,一群群的人从一个工作室逛到另一个工作室,欣赏一件件雕塑作品。周围弥漫着一种敬畏的气氛,这在水獭画廊是不存在的。在我还是个本科生的时候,我记得这种气氛。在我的学位颁发典礼上,每个人都很尊敬地看着我的表演。在这个地方徘徊,我感受到了一种悲伤的怀旧之情。眼前人们犹犹豫豫地凝视着镜子搭建而成的巨大造物,还有人在艺术家的召唤下紧张地触摸着两座石雕,其中一座用天鹅绒包裹着。

"那个,对不起,如果我⋯⋯"本说,我们走进一个昏暗的房间,地上放了一大块多孔的石头。

"你是指昨天晚上吗?"我问。

"是的,对不起,我有点浑蛋⋯⋯"他弯腰去看那件作品。

"哦,没事,"我说,"不过还是很奇怪,你好像不大愿意向安珠介绍我?"

我蹲在本旁边,发现地上的石头并不是石头,而是一个做成蜂巢模样的石膏。每个蜂巢格子里都有一间小公寓,里面有床、沙发、衣橱和地毯。有些房间的墙壁正在坍塌,家具凌乱不堪,好像经历了一次空袭。我盯着一个微型厨房,里面有厨具和餐具,还有一块切了一半的面包。

"是啊,我确实不愿意介绍你,"本说,"我也不知道为什么。很蠢,我知道。"

"嗯?"

"我本来应该介绍你们认识的。我有没有让你不好受?"他小心翼翼地问。

"没有。"尽管我并不确定他究竟有没有让我不好受,只是不愿意伤害他的感情,即使他伤害了我的感情。我说:"没事。"

"那就好。"

我们分头去看这个房间里的作品。这些作品是用陶土捏制的袖珍小人。每个小人都缺失了身体的一部分,比如手臂、双腿、乳房,仿佛他们是被砍掉了四肢的古代雕像。在房间里走动的时候,我用眼角的余光观察本。他看起来很焦虑,伸长脖子去看每一件作品,同时双臂抱胸,一只脚在两个基座之间被绊了一下,发出一声细弱的哎哟声。我看到他昂起头,打量那个没有乳房的女人身体,他的眼睛尽量避开那个空白的地方,转而研究她的脚。我们又在门边相遇,一起走进最大的房间。

房间的另一侧挂了一张白色的大床单,在聚光灯下显得颇为引人注目。我走向它,本跟着我。一小群人挤在这个作品周围,仿佛有什么事就要发生。我们肩并肩站在一起,加入人群等待着。我们之间的关系莫名有点尴尬,手臂几乎要碰在一起,但又没有真的碰到。就好像我们之间的空间凝固了,我能感觉到它凝固了,我知道本也能。

"真想知道接下来会发生什么。"我的目光集中于前方。

"嗯。"本说。我们的指关节只相距一厘米左右。

床单由下往上的三分之二处有个正方形的小洞。过了一会儿,床单后传来一阵骚动。透过小洞,可以看到一个女人的后脑勺,以及一簇又黑又直的头发。接着,这个人慢慢地站了起来,好像在爬我们看不到的台阶。当颈背完全位于正方形的中心时,她就停了下来。一个三角形的白色色块出现在女人黝黑的皮肤上,指向她微微突出的第一块脊椎骨。

在观看这一幕的时候,有那么一会儿,我都忘了自己身在何处。每个人似乎都屏住了呼吸,本也一样。这个女人的脖子很漂亮——纤细,皮肤白净,发梢占据了小洞上部八分之一的面积,仿佛一个框架。渐渐地,几乎是悄无声息地,那个女人开始把头转向右边,好像她正要从洞里看我们。就在我们开始窥见她下巴的线条、脸颊的边缘、嘴唇的一角时,她转过身去,直到我们只能看到她的脖子。在观看的这段时间里,我一动不动地站着,本也是如此,但是,就在我吸气的时候,那个正方形小洞空了,女人消失了,我们的指关节碰在了一起，小臂也碰到了。"哇噢，你好暖啊。"我连想都没想，就下意识地感叹道。

本什么也没说，但我能看到他的脸红了。"那个，你觉得刚刚的作品怎么样？"他问。

"我不知道。"我眨着眼睛说。我嘴巴微张，又合上，不知道自己究竟是何感受。有时，艺术作品会给我一种无法用语言描述，甚至无法理解的感受。在观看这个女人的过程中，我开始注意到一些非常细微的东西：她的几缕头发，她皮肤上的毛孔，她肤色的细微渐变，她脊椎形成的阴影。我专注地凝视她的脖子许久，却并不想咬它，只想一直看下去，无休无止，跨越时间，跨越世纪，永恒不变地看下去。

离开前，我拿了张这位艺术家的名片，名片的正面印的就是一张白床单，只是床单上没有开洞。而本回到放小陶人的房间拿了那位艺术家的名片，对此我很惊讶。他拿的名片正面是那个失去乳房的赤褐色女人。"它们很不错，"在我们离开大楼的时候，我对他说，只是为了和他攀谈，"我是指那些小雕塑。"

他点点头："是的。"他又点了点头，抿了抿嘴唇，欲言又止，然后说："是的，我觉得妈妈应该会喜欢她的作品。"

"哦，对。"我忘了本的妈妈的病况，也不知道还能说些什么，所以我什么也没有说。

我们过了河。本坚持要送我回家。我说去公交站就行，免得绕道,但他依然坚持,我借口说自己得先回一趟工作室,于是,我们往沃克斯霍尔走去。本在看他手机上的短信。"是安珠,"他说,"对不起,你不介意我……"他举起手机。

"没事,你先回信息吧。"我说,我们沿着格罗夫纳路往前走,河流在一边,一群人在对岸喊着什么,他默默地打了一会儿字。

出于某种原因,听到她的名字让我心里涌起一种嫉妒,准确地说也不是嫉妒,而是感到不足,像是自己的存在被削弱了,因为安珠存在,因为本在跟她聊天,哪怕我就在这里,就站在本身旁。我抬头看他的脸,而他正低头看着手机。我盯着他鼻子周围聚集的雀斑,他柔亮而健康的粉色嘴唇,他额头皮肤上的两根静脉,非常淡但依然可见,还有在他衬衫衣领阴影处隐匿的那截脖子。我不确定自己心中是什么感觉,也不确定自己正在看的是什么,不确定他对我意味着什么,不确定他是我的什么,不确定我想从他那里获得什么。体内涌起一股冲动,想要伸手去触碰他的身体。我感觉自己的身体几乎空荡荡的,走着走着,都有点站不稳了,多半是太饿了。本锁上屏幕,抬起头。我感觉自己能透过皮肤看到底下的脂肪、肌肉和血液,一切都闪耀着诱人的光泽,像块培根。

"抱歉,嗯,我忘了告诉她我今天晚上会出去。"他这时说。

"一切还好吗?"我将视线从本的脸上移开,看向自己的脚,往前走,双手插在口袋里。

"我不清楚，"他说，"她的工作好像遇到了麻烦。我猜是因为她取得了商业上的成功，她的作品受众也随之变了。"他说这些话的时候一直看着前方。"现在对她作品感兴趣的人全都是想买她作品的人，一个个有钱人都想把她的画挂在自家大房子的沙发上面。总之，这有点蠢，在你不那么成功的时候，你会觉得艺术还有更多的意义。要是参加展览之类的活动，一切都是关于作品的意义。但等你成功了，你基本上就变成了布景设计师、垃圾制造者，只是为了让富人把那些东西买回去挂在墙上，好让他们显得很有品位。"本叹了口气："这让我多少有些庆幸自己是个失败者。"

"我觉得当艺术成为人们的所有物时，它对于人们的意义就变了。"我想起了那个喜剧演员：安静地在水獭画廊的房间里溜达，观赏画作的视线有些令人不安，而现在我知道，那视线来源于他可以轻而易举地买下它们，挂在家里，让自己成为世界上唯一能在有生之年再度欣赏这些作品的人。我想起了我爸爸的作品，它们被收藏家和名人收藏。根据妈妈的说法，有几件作品是被一位非常成功的演员买走的，在这位演员去世后，他的艺术收藏被他的女儿继承。奇怪的是，这位演员的女儿比我更有资格继承我与我的日本血统、我的人类部分的唯一联系。而吉迪恩也收藏了爸爸的画作。每天，吉迪恩都可以看着这些画作，研究丝绸上的每一根笔触，感受那笔触如何与爸爸生命中的某个特定时刻相连。他可以沿着作品中的某条线，体验多年前爸爸在丝绸上将画笔抬起、转动的那一瞬。每一根细微的线条都象征了他生命的某个决定，即便那决定是多么微小，但那每一笔，都属于吉迪恩。

"是的。"本看起来闷闷不乐，"我也不知道。看到安珠的遭遇，这不禁让我思考，就好像，也许我并不想成为一名艺术家，你明白吗？如果会变成那个样子的话。"

我们沉默了好一会儿。每次我们走过一块沙地，我都会下意识地查看河岸，即使本还在我旁边，我确定自己现在什么都不能吃，除非我要吃的实际上就是本。一只狐狸穿过我们面前的道路，还瞧了我一眼。我有一种非常短暂而突兀的冲动，想要去追逐它、捕食它。我想知道那会是什么感觉，想知道那只狐狸是公是母，是否当了妈妈，想知道我能否借此体验分娩的感觉。

"那你创作的是哪种艺术作品？"我问，"我的意思是，要是你愿意分享的话。"

"是，没事的，只是……我不是很擅长解释我的工作。"本说。

我们已经走到了沃克斯霍尔桥，这里相当繁忙，本向前走了几步，朝两边看了看，为我俩看看有没有车来往。我注意到他的手稍稍举了起来，就在我旁边举着。"好吧。"他说着，拉着我的小臂，领我穿过马路，走到桥上。

"我算是一直在做钟表，天知道做了多久了。"本故作轻松地说。

"钟表？"我想起了他工作室里的指针。

"是的,不过和一般的钟表匠不同。"他补充道。我们继续走了一会儿。一辆公交车经过。

"你是准备再详细解释一下,还是希望我问些问题?"

"抱歉,我不太会谈这个,"本不好意思地动了动,"那个,我妈妈几年前被诊断出……"

我沉默了,为强迫他而感到有点不安,过了一阵才补上一句:"没事的,你不一定要告诉我。很抱歉,我刺探了你的隐私。"

"没有,没事的。我想告诉你,只是不知道……"他说。

我们走到桥下,从一个醉汉身边经过,他那对睁大的充血双眼毫无顾忌地盯着我的脸。我向本靠近了一点,皱着眉头与那人对视,但那个男人并没有把目光移开。他的眼睛又大又圆,一直盯着我,直到我觉得如果继续和他对视,自己可能会掉进那对眼睛里。本似乎没有注意到这一切。

"基本上,"本说,"妈妈总是被医生提醒还剩多少时间。你多半知道那是什么感觉,还剩六个月,还剩一年,还剩一周,哦不,还剩四个月,诸如此类的话。"我点点头,有些愧疚自己那天对他撒谎说我妈妈也死了,让他误以为我能感同身受。

"我就迷上了计时工具,但有些并不总是完全准确,或者说有些钟表是准确的,但会随着地点变化,你明白吧?日晷以及类似的东西。"我们走到桥的另一端。"而且我们不得不让妈妈搬离她自己的房子,搬到一个去医院更方便的小房子里，所以我整理了她的物品，开始用她人生中的东西制作钟表，你知道的，以此当作投射的阴影。"

我有点内疚。我原本以为他的作品不会这么私人和敏感，只会是一些平庸的、不符合我品位的东西。在此之前，他给人的感觉一点也不聪明。

"不过，现在，我正在制作花钟。"他自顾自地点了点头。

"花钟？"

"是的。妈妈是一名花匠，所以我正在用她关于花卉的书籍来努力重现——呈现卡尔·林内乌斯花钟。他是个18世纪的人。时钟内的每种花在一天中的不同时间开放。"

"花瓣会绽开吗？"

"是的，花有昼夜节律。"我看着他的脸，他脸红了："我不知道。现在说这些听起来有点蠢。况且它还没有真正做好。我想的是，随着气候变化和其他事情的发生，花儿会在奇怪的时节开放。其实关于的不仅仅是我妈妈。就好像，我们越是破坏世界，我们就越是破坏了时钟，破坏了时间，以及未来。"

"那听起来太美了，本。"我赞叹。

"我也不知道，"本说，"我是指，我要拿它怎么办？它究竟有什么意义？它会被画廊收录，然后被印成照片或其他什么东西出售吗？要是这样，那它的时间元素就消失了。我真的不知道。"

"嗯。"

"对不起,"本摇了摇头,"我想我只是有点心情不好。"他侧头看着我,紧张地笑了起来。"我的意思是,我不知道我为什么要告诉你这些。"

"没事的,"我摇摇头,"那现在是什么花时?"

本看了看他的手机:"啊,这又是另一件事。实际上并不是每个小时都有花开,这就有点问题了。但是,现在最接近的是假升麻。它在三点开。"

"真棒,"我又顿了一下,"所以此刻在花时是不存在的?"

"是的,我想是的。我之前还从来没有想过这个问题。"

刚过凌晨两点,我们就到了饼干工厂。除了远处主路上的喧嚣外,周围非常静。我累极了,多半是因为我通常不会在这么饿的时候做这么多运动。我的呼吸比平时快,腿也不稳。"你还好吗?"本一边打开大门,一边问我。

"嗯,我很好,只是累了。"

工厂里面一片漆黑。本打开灯,头顶的灯随之闪耀。奇怪的是,进入这栋大楼后,我们之间的一切变得颇为尴尬,似乎之前自然的月光帮助我们变得更为柔和,让我们更容易敞开心扉交谈。而此刻,在刺眼的荧光灯下,我们只得避开彼此的眼睛。

"没事,你不必进来,"我注意到自己说话很含糊,"我可能会留下来一会儿,稍后就回家。"

"啊,好的,"本皱眉看着我,"不过,你确定你还好吗?"

我点点头。

我们沿着走廊走到我的工作室，本走在我前面，偶尔回头看我。我盯着他的后颈，他每走一步，几缕头发就会从脖子上拂过，我又想起了自己从清洗他伤口的毛巾上吸他血的情景，想起血液顺滑地流到喉咙里的感觉，想起他的人生短暂地寓居我体内的感觉：他坐公交车上学，他吃着切掉面包边的三明治，以及许久之后，他看见我朝饼干工厂走来，太阳照在他身上，我从阴影中显现，他的视线在我的脸上和身体上徘徊，他觉得我很有魅力。

"你是确定离开……"本用大拇指指着我们身后，指着水獭画廊，即使那栋大楼现在已经离我们有几千米远，甚至可能在相反的方向上了。我们站在我的工作室门外面。

"水獭画廊吗？"我问。

"嗯。"

"我还没有彻底下定决心。"我说完，把钥匙插进锁里，门开了。里面一片漆黑。空气中有股淡淡的怪味。我走了进去。

"抱歉，里面有点乱。"我说。

本打开灯，开得比较暗，跟在我后面走了进来。门关上。灯光下，屋内的一切现形了：我的笔记本电脑，本的植物在钩子上微微摆动，芭芭雅嘎木偶，我的画，颜料，倚在墙上的谢尔-吉尔的画，我睡觉的瑜伽垫，旧内衣，半满的猪血盒子，沾了本的血的毛巾，还有鸭子——鸭子还在水池里，脖子挂在水池边上，头指向地板。"水獭画廊的事，我还不太确定，"我走到放着画、木偶和书籍的桌子旁边，所以本的注意力被吸引到了房间的这一边，"我不知道。那些人都是浑蛋……还有吉迪恩，就是画廊总监，他有点变态。"

"真的？"

"真的，他有一点……我不知道，很难解释。"我想告诉他吉迪恩是如何监视我的，还有他在楼梯上是如何触摸我的，但内心有种东西阻止了我，仿佛我人类的一面很尴尬，又仿佛是我恶魔的一面因为没能很好地保护我人类的一面而感到尴尬。"不过也算是种体验，对吧？"

本皱起了眉头，许久才说话："好吧，我觉得你最好等到周一再做决定。"

本走到我站的地方，弯下腰去看我的画。他没有把画拿起来。他观看的方式就好像画已经挂到了某个画廊里，他调整着自己的高度和姿势，稍稍走到右边，又稍稍走到左边，以便更好地观看。在这样的灯光下，他看起来相当英俊，他的头发、鼻子和额头在脸上投下长长的阴影，给他的皮肤染上一层灰白色。

"这是你画的吗？"他问道，听起来很惊讶。

"是我画的。"

"很漂亮。"

"漂亮？"

"不，我的意思是，它真的很棒……我从没见过像这样的画,"他说,"我是认真的。"

我点点头:"谢谢。"

本坐在我画雅嘎时坐的那张椅子上。我靠着他旁边的桌子。

"我妈其实就是这周去的医院。"本咬着嘴唇说。他面对着木偶雅嘎,仿佛是在和她说话。

"天啊,本,"我说,"我很遗憾。"

他摇了摇头:"不用,没事的,我也不知道,我只是想告诉你。"

我点点头。本抬头看着我,笑了。我也回以微笑,但那是那种半是微笑、半是担忧和皱眉的微笑。"若是有什么我能做的……"说着,我伸出胳膊,够到本的胳膊,手指触及他的皮肤,轻轻抚摸。我根本没打算这么做。这种感觉和我之前偷木偶、偷书时很像。我倾身向前。

"这样可以吗?"我听到自己说。

"可以。"我听到本的声音说。

我能更清楚地看到本的静脉了,能看到他的雀斑:没有一个是完美的圆,反而是小星星的形状。我之前从没以这种方式触碰过人类。胸膛里涌起了一种我从未体验过的感受:心脏在跳动,极其用力、无比愉悦地跳动,平时过于缓慢的呼吸此刻也和本的呼吸同频了,我们一同呼吸。我吸入了他呼出的气,他吸入了我呼出的气,循环反复。我的舌头感受到了自己牙齿的锋利。之后,我们唇齿交融。

第三部分

我站在阴影里,已经不太确定自己算什么了——究竟是个怪物还是女人,或者两者兼而有之。

7

那年我13岁,叶叶来我家玩。妈妈一直在半开的门后听我和叶叶讨论吸血鬼猎人巴菲和她的吸血鬼男朋友安琪的关系。叶叶一走,妈妈就对我说:"对恶魔来说,食物和性是同样的东西。你要是和一个人类走得过近,你就会失控的,你人类的一面会失去灵魂,就像那电视剧里演的那样。"

"那你和爸爸是怎么回事。如果那是真的,我又是怎么来的?"

"不准再问了,"她说,"你的体内满是死亡。"

体内,那只鸭子的血液即将消耗殆尽,血管几乎空了。我能感受到那只禽类在我身体内死去,能感觉到沙子落在我的乳房和肚子上,能感觉到浸水的羽毛让我下坠。原来这是一只老鸟,视线模糊,小小的心脏越跳越慢。但随后本替代了它。我不知道自己体验的是什么,就好像本完美嵌入了我,彻底填满了我。也可能只是体温不同导致的。本的皮肤烫到难以置信,搅得我体内的一切似乎也随之灼烧起来,仿佛我的器官忆起了活着的感觉,忆起了正常运作的感觉。不管怎么说,我都很满足,甚至不再觉得饥饿,彻底忘记了进食的需求。本把脖子主动送到了我面前,就在我的鼻子下面,就在我的嘴边,我能尝到宛若薄膜般覆在上面的汗水,但那种撕咬它的冲动完全消失了。它就是脖子,人类的脖子,而我也只是紧紧贴着那脖子的一个人类。"噢,天啊,你感觉好……奇怪,"当进入我时本说,"感觉很好,但也太冷了……这是怎么回事?"

"我不知道。"我在他的耳边低语。

他不再理会,我们继续,他温暖我,将我们变成两个正常人。我以身体的每个部分感受着他的温暖,并将之据为己有。

事后,当我躺在打呼噜的本旁边,我不禁思索自己究竟有没有可能就当个人类(或者大部分时候当个人类),有没有可能压制体内的恶魔,直至自己成为正常人,一个除了饮食——我会只吃黑布丁——都正常的人。也许,我的意志真的能改变体内的细胞。也许,许久之后,我能够在阳光下安然存在,不会再被轻易晒伤,不会再觉得焦躁。也许我能遇到某些人,能和他们一起去诸如海滩这样美丽的地方,跟人类一样躺在室外的阳光下,什么也不做,只是用手摆弄沙子,任由沙子从指缝间滑落,然后再掏一把,循环重复。也许,许久之后,我甚至能够变老。也许,在某个早晨,我会看向镜子里的自己,发现和伴侣共度的欢乐岁月都在我脸上留下了印记,我的嘴巴和眼睛周围隐约出现了一些皱纹。我的头发会长出美丽的银色,骨头会变得脆弱,不得不小心行走于混凝土上。我的伴侣,我的朋友,我的妈妈,他们的生命都会在某个时刻结束。然后,当我瘦了许多、矮了一些、愈加稀疏的头发变成纯白的时候,我也会在生命的尽头看到一个出口,宛如云层裂开了一道口,我伸手触摸,感受到生命像鳞片一样,从我身上掉落,散落一地,我变得越来越轻,直到最后,我身上什么都没剩下,只剩下绝对的空,彻底的消失。

"那是……一只鸭子吗?"本醒了,半坐在瑜伽垫上。他正看着水槽,眼睛不再眯着,似乎已经完全适应了灯光的亮度。

"嗯,"说着,我坐了起来,"算是吧。"

"天啊,"本说,"那就是……那个味道吗?"

"嗯……是的,我想应该是的。"我说。

突然间,本的脸扭曲了,他干呕起来。

"怎么了?"我说,"别这样,你都闻了那味道一晚上了。你现在觉得恶心只是因为你知道了那是什么。"

本拿起我的时钟套头衫,捂住自己的口鼻。"你为什么有一只鸭子?"他透过衣服说,"我的意思是,它完全没有被处理过,和你在超市里买到的完全不一样。"

我站起来,套上短裤,光脚穿上靴子,身上依旧穿着我的衬衫："好吧，我会把它拿出去。"

我走到水池边，揪住鸭子的脖子，把它提起来。鸭子下有一些东西在动，聚在一侧。我把它放在水龙头下冲了冲，把我觉得可能是蛆虫的东西冲下塞子孔。"天啊，它在那儿多久了？"本的眼睛皱成一团，"我不能待在这里。"他抓狂地开始穿衣服。他那令人愉悦的柔软、泛着粉色的身体，消失在他之前穿的裤子和衬衫里。

"你先上楼回你的工作室，一分钟后我去那里见你。"说完，我拿起钥匙，把鸭子拎到外面，滴滴沥沥留下一路的水迹。

我敲响本的门。他来应门，脸上的神情看起来和几分钟之前很不一样。"嘿。"他说完，松开手，我不得不自己扶着门。他走到工作室的另一头，手机正在那里充电。我能看出来，他正在编辑短信。

"嘿。"我走到他跟前，把手放在他的肩膀上。他没有抬头，只是继续打字，呼气缓慢而安静，但我能感觉到他即将叹出一口气。

"抱歉，你介不介意那个我……"他朝自己的手机点了点头。

"哦，好……对不起。"说完，我把手从他身上拿开，不知道自己手上是不是还残留着鸭子的味道。我走到水池边洗手。等我回过头看他时，本已经发完短信，坐在地板上，茫然地望着房间另一侧的窗户。他深深地叹了口气，皱起眉头，看起来很累。

"一切还好吗？"我在自己的衬衫上擦干手。

本抬头看我，摇了摇头："行吧，你懂的，是安珠。"

"噢，对。"我说。不知何故，我把她给忘了，更准确地说我并非忘了她，只是觉得自己如此重要，仿佛有那么一会儿，我占据了本全部的生命，他也占据了我的，而安珠似乎消失在背景之中。"那你接下来打算做什么？"我问。这感觉是个很蠢的问题。我把本的短袜踢到一边，双腿交叉坐在地板上。

"我不知道。我的意思是，我本该回家的，这一切很……"本摇了摇头，手机亮了，他看了一下屏幕，又把手机放回去："我也不知道……"

"嗯。"

"我不知道，我觉得很糟糕，我们不应该……"本再一次叹气，"莉迪娅，我真的很喜欢你，但这一切……我是说，我不想伤害你，你懂吗？"

"嗯，我懂。"

"你还好吗？"他现在才问。

"嗯。"

本把头埋在手里，随后站了起来，"好吧，我觉得我应该走了。安珠还在等我，而且……嗯。"

"好。"我说。本站了一会儿，只是看着我。我意识到，他也在等我站起来。等我站起来后,本把手机从充电器上拔下来,把充电线缠好。

我们沉默地走下大厅和楼梯。等走到前门,我试探性地说:"关于那只鸭子,我真的很抱歉。"

"没关系的。"本的脸色依然阴郁,钥匙挂在一根手指上。

"好,"我说,"我还要在工作室再待一会儿,我们稍后再见吧……"

"嗯,"本答,"对不起,莉迪娅,我必须得走了。"他穿过门,没看我一眼就离开了。门砰地关上。我站在大厅里,听到大楼的前门也关上的声音后,我才回到自己的工作室。

为了想清楚自己所感受到的究竟是什么,我背靠着墙坐了好久,像是坐了好几个小时,但一直无法找到一个确定的答案。我曾想过给本发消息,但每一次,只要我觉得短信内容哪里有不对,我就会删掉,结果什么也没发。早上九点,我收到了安珠发来的一条短信,问我能不能周一去和她见面吃顿比较晚的午餐。我回复说,我现在不能完全确定,若是我有午休时间,我会告诉她的。

在给她发信息的时候,我并没有什么特别的感觉,并没有感觉不好,也没有感觉特别好,没有像我昨天想到要跟她见面时那么好。就好像我的大脑已经把她、她与本的联系、昨晚发生的事情分开了,让我觉得她是一个与我在此处的生活完全脱节的人,就好像我不再把她当人看待了。每当我试图想象她脸上流露悲伤、快乐或者其他的情绪，我都想象不出来。"好的，当然可以，回聊。"安珠回复。

此刻我感觉自己的身体尤其虚弱，部分是因为我体内的食物几乎消耗完了，部分也是因为当本离开时，我觉得他把我身上的什么东西带走了。也许其中原因再简单不过了，当我们做爱时，我把自身无从损耗的精力消耗掉了，这就像本从我这里偷走、吸收到他自己体内的某种东西正是我的精力。与此同时，他赋予了我人类一面以生命。也许，这只是因为我体内的恶魔饿了，变虚弱了。和本在一起给了我前所未有的体验，让我深切地感受到自己处于一具肉身之内，与人无比相似。

现在，本的一部分依旧残存于我体内，正在寻找着什么。我想象自己体内是一条荒芜的小路，我的子宫是一个废弃的洞穴，我的卵巢是无卵而可悲的巢。然而，我还是在想，自己的体内是否存在一个小而安全的角落，可以孕育一个孩子，是否可能像我妈妈一样，在体内孕育生命。不过妈妈从来没有教过我避孕，多半是因为她知道这不可能。妈妈只教过我不要离人类太近。

我任由自己的脑袋向后倒，磕在身后的墙上。一种令人愉悦的微弱疼痛从我的后脑勺蔓延至双眼，视野中现出众多光点。我一遍又一遍地重复这个动作。

我一直在用笔记本电脑看《吸血鬼猎人巴菲》。我看到了第二季的结局，恢复安琪灵魂的指令被保存在一张软盘上，但软盘被薇洛掉进了桌子和橱柜的一侧，所以安琪无法及时找回他的灵魂，巴菲最终只能杀了他。就因为一张愚蠢的黄色软盘，就因为桌子和橱柜没有靠得足够近，吸血鬼就必须死，这也太蠢了。如果是发生在今天，这指令可以备份到云端，那一切都会被完美地解决。

我和叶叶过去经常在一起过夜，整晚整晚地看《吸血鬼猎人巴菲》，争论我们最喜欢哪个角色，打赌那些一直被安排去扮演吸血鬼的亚裔能活多久，就会被巴菲干掉。妈妈过去常常给叶叶点比萨，为我准备一些温热的血液放在扁瓶里，瓶口放了一根可伸缩的不透明塑料吸管，这样我就可以小心翼翼地把血喝掉。我打开照片墙，看着叶叶前几天发给我的消息，在想她可能看到我读了她的留言，也许在想我为什么不回复。我内心的一部分真的很想回复她。有那么一会儿，我确实这么想过，想让她回到我的生活中，想看看她现在是什么样子，想听听她在做什么，也许给她发个消息说自己在看《吸血鬼猎人巴菲》时想起了她，也许和她聊聊昨晚和本的事，聊聊我的感受，不管我感受到的是什么，但一想到之后又要将她剥离我的生活，我就痛苦万分。

有一阵子，我考虑过要把叶叶转化了。那时我13岁，我们共用一对印着"友谊永恒"的马克杯，戴着好闺蜜项链，还有我们为彼此编织的友谊手链。是我的马克杯让我考虑起转化她那件事。"永恒"这个词被印在两只软乎乎的熊的图片上方。在那个年纪的我看来，自己与叶叶的友谊似乎永远都不会改变，后来我意识到自己确实可以让这段友谊永远不会改变，一旦我们在18岁或20岁抵达身体的巅峰，我们就不会变了，就可以一起在沙发上看《吸血鬼猎人巴菲》，看到天荒地老，我们的心会贴得更近，因为那时我们都喝血了。我之所以没能转化她，是因为妈妈发现了我的计划，然后告诉我，如果我真这样做了，我本质上其实是把叶叶杀死了，把她变成了另一种存在，但绝对不是我认识的叶叶。她说我将永远失去我的朋友。不过，即便没转化她，此刻的我其实也失去了她。

当我正看叶叶的私信时，手机响了，我任由电话进入语音信箱再听。是克尔医生打来的。一听到他的声音，我心一沉。此刻我的大脑已经没有多余的空间来容纳妈妈了，就好像如果我任由她进来，我就必须从脑中排出一些最基础的东西，比如我感知情感、制造回忆、理解语言的能力。克尔医生说我妈妈已经卧床不起，完全不与其他居民社交，也不与任何护士交谈，他们希望我为她支付一部分费用，让她成为额外受照顾的住户，这样她就可以和其他人一起用餐，享受一些棋盘游戏。"期待你的回复，但此刻我们很担心她的幸福和健康，我们认为更多地融入社区对她来说是有益的。"留言结束。我锁上屏幕，想大声说"我担心的是我自己的幸福和健康"，想说妈妈在性、在很多事情上都对我撒了谎，想说今天早上本这一存在就是证明，想说"她不再是我的责任了，她是你们的责任了"。

我将妈妈和猩红果园从我的脑海中抛出，删除了留言，开始刷照片墙上的#我一天都吃了什么#话题标签。我扑倒在地，筋疲力尽，面朝着墙，眼前唯有自己的手、手机还有空白的混凝土。我不想看自己的工作室，也不想看工作室的任何东西，甚至不想看到我画的那幅曾让我异常开心的画，更不想看坐在桌上、身子僵硬而空虚的木偶雅嘎。在我身后，《吸血鬼猎人巴菲》正在播放下一集，伴着电视剧的声音，我开始浏览不同食物的照片。

在#我一天都吃了什么#这个话题下发布的帖子，照片墙上的和油管上的真是大相径庭。大部分帖子的首图都是一个拥有运动员般健美身材的白人女性，感觉都是私教的广告。我很快就失去了兴趣，随后打开油管，找到了我上次观看的日本女孩，沉浸在手机里。我看着几天、几周的食物在一个短短的视频中被消耗一空，时间这一概念就变得有点奇怪起来，难以衡量。我看着视频里不同的人身后的太阳一遍又一遍升起、落下，自己也快开始丧失对周围环境的感知，就像是迷糊了一样，莫名舒服。到了最后，我发现自己正看着某人一步一步地做米饭和金枪鱼煎饼，然后小心翼翼地记住所有的步骤，就好像我自己要做煎饼一样。看到中途，手机没电了。

我闭着眼睛躺了一会儿，然后滚到房间另一边装猪血的盒子跟前，勉力抬起身子，看着盒里的棕黑色粉末，叹了口气，又滚回房间的另一边。盒子里装的粉末好似恰如其分地呈现了我是怎样的存在：一种彻彻底底、完完全全剥离了人类生命甚至是动物生命的存在；一种曾维持过一个活生生的肉体但现在已被吮吸干净的存在；一种极其缺乏生命力，甚至不会腐烂的存在。那些粉末就那么搁在冰箱外的角落里，在装它的盒子里，永远不会改变。一想到要将这粉末放入口中，任由它进入我的身体，成为我身体的一部分，我就感到恶心，感到自己面目可憎。

我给手机充了一会儿电，然后再次打开油管，开始看视频，这些视频在我看来是网上美食视频中最奇怪的——进食障碍者的恢复视频，有些人拍摄了他们挣扎着吃高脂肪食物的过程；我敬畏地看着一个比我年纪稍大一点的女人把一块吉百利雪花巧克力放到嘴唇之间，闭上了眼睛。在接下来的一分钟里，她的下巴非常缓慢地在巧克力周围闭合，她一咬，脸上就浮现痛苦的表情。这个女人的皮肤是一种奇怪的黄灰色，眼睛突出，嘴角两侧布满皱纹，这些皱纹不是年龄造成的，而是她皮肤之下肉体逐渐消失造成的。我一边看视频，一边在想，也许这个女人体内有一个恶魔，也许这个女人在试图饿死人类的那一部分，这样恶魔就能彻底占据皮肤、骨骼和其他器官。

这一串想法像是接二连三地浮现在我脑中。看着女人黄灰色的皮肤和她奇怪的凹陷脸颊，我想象自己的脸颊鼓起来，皮肤染上一层美好的暖色。我在想自己的身体能否做到同样的事情——也许我也能挨饿，能将体内的恶魔削弱，再将其驱赶出去。我吸了口气,脸颊鼓起。

在我被转化之前,我的人类身体可以自我维持,即便只有那么几天,但也说明我的体内定有什么东西能让我的心脏维持跳动,让我肋骨上的肌肉紧绷或放松,让空气由肺进进出出。也许那股人类的力量仍然存在,完全有可能存在,只是目前处于休眠状态。也许我身上确实有很多人类的潜力。昨晚,当我的身体被本温暖时,我以一种从未有过的方式感到自己还活着。心脏被唤醒,跳得比恶魔所能驱动的还要快。体内涌现一种比进食更美好、更强烈的愉悦。我感觉到本的血液在他的血管里流淌,但我并没有喝的欲望,而是单纯地感恩本还活着,和我在一起。是那只鸭子把本赶走了,所以实际上是死亡、我最后一顿饭的残羹冷炙把他赶走了。如果我不吸血,也许我人类的一面会变得更加强大,强大到我能吃人类的食物并以此为生,强大到我能将人类吸引到我身边,能拥有人类的生活,以及人类的爱。

我浏览脸书,心不在焉地滑动屏幕,只留意一个个文本框的轮廓,还有一些人类婴儿和正餐的照片。继而我又把手机锁屏了,听着电脑上还在播放的《吸血鬼猎人巴菲》,把手机放在额头上。这感觉还挺好的,手机的重量恰到好处。渐渐地,我进入一种半睡半醒的状态,隐约意识到剧集中的角色正在谈论怎么杀死一个特别强大的吸血鬼,但伴随着画面出现的,是新的画面和声音。

"莉迪娅,我回来了。我总是不由自主地想你。"脑海里的本说,表情温柔,浑身被雨淋透,站在我的工作室外面。我撕下他身上的T恤,连带着把他身上的大块肉也撕了下来。原来他是蛋糕做成的。"我不能吃蛋糕,"我垂头丧气地说,"我并没有一个能正常运作的胃。"

"莉迪娅,我回来了。我总是不由自主地想象你在吃掉我。"脑海里的本说,表情温柔,浑身被雨淋透,站在我的工作室外面。我撕下他身上的T恤,他整个人都很奇怪,灰灰的,瘦得很。我咬住他的脖子,吸了一口,感觉自己的身体被填满了,精力又回到了我身上。"快,快。"我说完,举起木偶雅嘎,让本也喝她的血。

我睁开眼睛。有敲门的声音。是有人在敲门。"嘿……"玛丽亚的声音从门口传来,"莉迪,你在里面吗?我带了零食来。"她说。敲门声停了,接着额头上的手机振动起来。是玛丽亚发来的信息。我从锁屏界面看着信息内容,这样一来她就不会知道消息已读。"嘿,莉迪,我在你工作室外面,能听到里面在播放什么,你在里面吗?"

门口又传来敲门声。我关掉震动,把手机放在胸口,再次闭上眼睛,听着玛丽亚的脚步声离开大厅,听着她自己工作室的门当啷打开又关上。我厌恶自己,体内的一部分想要跟随玛丽亚去她的工作室。我的思绪还真飘到了那里,敲响了她的门,等她来开门,进入她那房间,站在她艺术作品投下的阴影中。这个阴影中不仅有我,还有其他可怕的东西。吉迪恩的双手从中探出,紧紧捏着我肉身的一部分,仿佛在对待一个被他占有的雕塑，双眼窥探。接着，玛丽亚被咬了，被吞噬了。但一个声音在我的脑海里说："不要！停下！阻止那个女人！她是个怪物。"猪猪的小短腿爬到我的小腿上，眼睁睁地看着我将它主人的鲜血吸干饮尽，呜咽着，恳求我停止吞噬它的主人。

我咕哝着，半坐起来。房间在旋转，口中的舌头变得又肿又沉。太阳穴很疼。为什么我总是这么饿？为什么我总是这么弱？要是我总是想着血，我要怎么把体内的恶魔饿死，要怎么把自己变成人？我伸手去够桌面，摸到了雅嘎的裙子。我把她扯下来，她落在我的肚子上。我把她拿在手里。

"我恨你。"我对她说，她垂下了脑袋。我对着她龇牙，厉声呵斥："你真令人恶心。"之后我把她拿近了些，咬着她脑袋和她衣服面料连接处的接缝，吮吸着，想象着我正在把她吸干。然后我把她丢到地上，她的脑袋落地，发出很响的撞击声。

我几乎立刻就内疚起来，我把雅嘎捡了回来，抱在怀里："对不起，我不知道自己是怎么了。"

我不知道自己在工作室里待了多久，忽梦忽醒，醒来时就在手机上看《吸血鬼猎人巴菲》和视频，此时我又满怀爱意地把雅嘎拿在手里，看完了又一季《吸血鬼猎人巴菲》，看到她高中毕业上了大学，现在有了一个讨厌的、非吸血鬼的新男友，我才从昏迷中清醒过来。我发现自己躺在了瑜伽垫下面，感受着它的重量，以及垫子上其他东西的重量，内心平静、踏实。

我从瑜伽垫下面爬出来，感觉虚弱又恶心。那只鸭子的飞行已经被我遗忘了，已经彻底离开了我，遗留的只有它死亡的残渣：一种肌肉涌起的反常的松弛感，一种意识到闻到的恶臭竟来自自己的惊异感。在饥饿的最初阶段后，我的身体发生了一件奇怪的变化。我开始颤抖，头发竖了起来，不过体温还是和吃了、吃饱了的时候一样低。在此之前，我以为这是我还是个人类，需要体温维持生存时残留的反应。但现在，我觉得这是不是因为体内的人类部分正在逐渐涌出，而我的恶魔部分正在变得虚弱、渐渐消失。

我把《吸血鬼猎人巴菲》暂停，在电脑上查找饥饿的症状，想知道自己现在的感受是否与人类的饥饿相符。我在英国国家医疗服务系统的官网上找到一份文件，描述了一种叫作"饥饿等级"的东西，那是一个从一分到十分的症状列表。十分是"过于饱胀"。"这是一种典型的圣诞节感觉——你的身体很痛苦，不想或不能移动，感觉你再也不想看到食物了。这可不是个好现象！"这是我这辈子从未体验过的感受，我很想体验一下，很想和其他人一起用脂肪、蛋白质、碳水化合物和维生素把自己塞得饱饱的。我往下翻到一分的症状："过于饥饿，你可能会头痛、头晕、注意力不集中。身体感觉完全没有能量，你需要躺下。"我希望能用这个人类的量表测出自己的饥饿等级，希望自己感受到的只是头痛、头晕和注意力不集中。但我分明也感觉到了一种可怕的精神空虚。从那只鸭子身上，我接收到了一种紧迫感，一种要抓住生命、孕育后代、保护蛋、抚养孵出幼雏的紧迫感。从本那里，我接收到了对家人和朋友的爱，困难的、时常混合了悲伤、痛苦和担忧的爱，但也很美好，赋予一切意义。甚至从猪身上，我也接收了一些爱，比如对它们产下的小猪的爱，甚至还有对那些只给它们装食物和水的主人的爱。所有的生物——人类、鸟类和猪——都感受到了比自身更大的存在，感受到自己是诸如家庭、族群或者更庞大、更难以定义的存在的一部分。而现在，我感觉自己对爱、信仰、目的、意义、对万事万物的欣赏，都只剩一点点残渣。但我不想为了找回这些东西而吃，即便吃，我想吃的也是人类充满爱意为自己、为他人精心制作的食物，是家常饭菜、茶、热牛奶之类的东西。

我环顾工作室，真是一团糟。所有的东西都扔得到处都是，水槽里已经形成了一团棕黑色的污渍，始于槽底，蔓延到边缘，正是鸭子的脖子和脑袋曾经待过的地方。本吐槽过的那种味道仍然在空气中弥漫，尽管我并不是很介意。我看了一眼那摊污渍，其中有些蛆的尸体，有几只还在蠕动。我叹了口气。在这个房间里，本送我的假植物或许是唯一还算不错的东西。

我决定清理一下。我想像个人一样，厌恶他们厌恶的东西，厌恶眼前的脏地板和脏乱，厌恶丢得到处都是的衣服，厌恶被打开并渗在地板与桌面上的各色颜料，厌恶我上一任租客留下、我压根儿没想过要清理的灰尘,厌恶装猪血的盒子,厌恶本的毛巾,厌恶鸭子留下的黏糊糊的东西。我还想厌恶我自己——厌恶我好几天没洗澡的身体,厌恶我自那晚在那"地方"被狗舔过后就未曾洗过的脸,厌恶在画廊清洗红酒瓶标签时沾上的胶水和指甲里残留的污垢。我的头发里还有沙子,那是我咬鸭子的时候从鸭子身上掉落的,多半还有血。

我在水槽下面找到了清洁产品:手巾、微纤维布、海绵、表面清洁剂、浴室清洁剂、漂白剂、钢丝球、拖把、水桶、簸箕和刷子。我把这些东西全都用上了,用海绵和漂白剂清理地板,把所有的东西都放到桌子上,擦洗水槽里的污渍,擦洗镜子、墙壁,然后把所有东西都摆放整齐后,再清理桌面。房间一角摆着我的床,看起来舒服而惬意,尽管床品不过就是我的衣服。我把装干猪血的盒子和本的旧毛巾拿出去,塞进工厂垃圾箱里的一个大垃圾桶里,不愿去想它们,不愿想起关于喝血的任何事。我还找来一些钉子和工具,在墙上做了一些小钩子,把衣服挂起来。我找到一个看起来像宠物碗的旧陶瓷盘子,洗干净,盘子边上有大写的字母,上面写着"AMOS"。我把颜料放进去,随后又拿起一个杯子来装画笔和钢笔。我把桌子上的所有东西都立起来,然后拿着手巾上了楼,踉踉跄跄,抓着扶手,一直爬到八楼,找到淋浴间。

工厂里非常安静,我不禁觉得这会儿应该挺晚了,也许是周六,也许是周日,我拿不准,也没去确认。淋浴间没有门,只有帘子。我走进其中一个隔间，打开水龙头，用我在那里找来的一块肥皂洗澡。我还给雅嘎洗了澡。我把她攥在手里，小心翼翼地用肥皂打湿她的头发，温柔地搓洗她的脸，继而搓洗她的衣服。我在水槽里找到一条手巾，尽量把我们俩擦干。

擦的时候，有那么一刻，我跪倒在地，擦伤了皮肤，流出了一点点血，血液与淋浴时留在我身上以及地板瓷砖上的水珠混合在一起。有那么一瞬，我想自己是不是会晕过去。我的脑袋太沉了，抬不起来，只能垂在胸前——好迹象，也许这便说明了体内的恶魔正在垂死挣扎。我努力去享受这样的感觉。地板上雅嘎的小脸正对着我，她的头发挨着我留下的血迹。但过了一阵，这种感觉还是消失了，我再次站起来，穿上前几天买的干净衬衫和裤子，回到楼下。

我回到工作室的桌旁，拿起靠在墙上的画，看着画中间那张奇怪的、皱巴巴的、恶魔般的脸。在黑色后面，蓝色的斑点露了出来，好像黑色后面藏了因缺氧而变蓝的血。我把木偶雅嘎挂在晾衣绳子上，那根绳子是我用钉在墙上的两个钉子和一根在橱柜找到的弹力带做的。我小心地把她倒挂起来，这样她衣服上的折痕就露了出来。我向她道了个歉，坐回去看画。

刚创作出画上那团黑暗而不祥的形状时，我还很满意，现在我在那上面抹上新的颜料。我没有看雅嘎，而是从手开始，把它画成了人类的手，美丽而纤细、金棕色的手。然后继续往上描摹皮肤，画出两条人类的手臂。我给了她一个人类的身体，为她穿上一件简单的深色衣服，不像真正的雅嘎的衣服那样破烂。随后我画出了她的脸和眼睛，用两只和我一样的棕色眼睛取代了那之前的红点，她皱起的、阴暗的脸也变得更加清晰。我在创作的时候，时不时会站起来看看镜子里的自己，端详自己的五官，与自己正在画的东西进行比照。我靠在墙上，喘着气，摇摇晃晃地站着，闻着水槽里的鸭子的微量残余，努力不去注意它，努力不流口水。最后，当新的笔触抹掉原先那个雅嘎的时候，我就用几天前用来描摹她瘦骨嶙峋的身体的黑色颜料来填充背景。她新的身体在黑色的映衬下闪闪发光，仿佛被烛光照亮，又像是被阳光照亮。

我翻了翻阿姆丽塔·谢尔－吉尔的书，想找一张图来代替《三个女孩》，但我很确定谢尔－吉尔的所有主题都是吸血鬼，也许她自己也是。我翻了翻自己在滑铁卢桥下买的约瑟夫·博伊斯的书，撕下他在1974年的著名行为表演作品《我喜欢美洲，美洲喜欢我》的照片。为了拍摄这张照片，博伊斯和一只野狼在一个房间里待了三天，身上只有衣服和帽子、毛毯、手杖和手套。在我撕下来的一张照片中，博伊斯头顶毛毯，土狼正在撕扯毯子，露出锋利的牙齿。这是第一天，也是表演中最著名的一幕，尽管其效果也是最意料之中的。我撕下另一张照片，贴在了第一张照片的旁边。在第二张照片里，博伊斯侧身躺着，放松地望向窗外，旁边是一条很容易被人误认为是他宠物狗的土狼,它也同样向外张望,镇静、平和、温顺。这两张照片挂在墙上像是我完美的灵感来源。在它们旁边,我竖起我的芭芭雅嘎新肖像。

我看了下手机,玛丽亚又发来一条短信:"嘿,希望你一切安好。请回复我,谢谢。"我检查了一下信箱、WhatsApp和照片墙,都没有本的信息。我想知道他现在在做什么。我看了一下时间,现在是周一半夜一点。整个周末都过去了。我不知道他最近在忙什么,也不知道我们共度一夜后,他那么晚才回去,安珠有没有和他吵架,他有没有告诉安珠发生的一切;也许这周末,他去看了他妈妈。我努力想象,但我从没进过临终关怀医院,自然不知道那儿是什么样子。脑海中浮现浅粉色墙壁的私人房间,也许和婴儿刚出生时住的、摆了透明小床的病房类似。我作为一个完整的人类的最后时刻是在其中一个病房里度过的,挂在我妈妈的手臂上,喝着奶,头戴一顶上面打了结的小绒球帽。也许,人们度过生命最后时刻的房间和他们诞生时的房间类似。我知道人类喜欢把从受孕到出生再到死亡整个变化过程视作一个圆,也许他们会在临终关怀医院的装饰中强调这些观念,这样一来,病人会觉得他们生命的终结不仅仅是终结,也是新的开始。我觉得自己的生命是一条线,而非一个圆。我最喜欢的激浪派艺术作品之一是由拉蒙特·杨创作的:"画一条直线,沿着线走。"我喜欢并非因为它体现了对生活和工作的虚无态度,而是因为它用一个简单的形状,甚至算不得形状,代表了我的生活与纯粹的人类生活之间的差异。我的生命指向的是遥远未来的一个不可及的点。而人类生命的指向的是回归，归于某物，更确切地说，是归于虚无。

我开始编辑发给本的短信。我打下"嘿，什么时候"，然后删掉"什么时候"替换成"我觉得我们应该"，继而又删掉这句话，打下"也许我们需要尽快谈谈"。我又加上"我觉得我喜欢你"，停了一下，又加上"吻"。我看着自己刚刚打下的内容，随后把整条信息都删了。脑中浮现了一个场景：本正和安珠睡在一张床上，而安珠醒了。也许她是起来喝水，也许是去上厕所，也许只是睡不着，我不清楚。接着床头柜上本的手机亮了起来，她本来没打算看，但她还是看了，是我的短信，正好在熄掉的屏幕上亮起，展示我的爱。好吧，也算不上是爱，但不管它是什么，那种喜欢都远超过正常的喜欢，即便够不上爱。也许是爱的开始，但并不完全是爱的开始。这种感情源自一个人类赋予我的生命力，并不彻底，但已非常强烈；源自我品尝过他们的血；源自我从那血中感受到了他们生命之始，感受到随着子宫的收缩肋骨被挤压的感觉，感受到第一次被迫呼吸空气的感觉，感受到本的母亲的淡粉色、温暖的、意义重大的皮肤，感受到躺在那皮肤上时的安全感；源自我不吸干他们的血，源自我主动选择放过那个人的性命。

我把手机放在桌子上，抬头朝倒挂在墙上的芭芭雅嘎望去。不过我看的不是她，而是借由思绪浮现于眼前的本。而我惊讶地留意到一个瞬间，那个瞬间发生时，我以为那只是一个微小而毫无意义的瞬间：在沃克斯霍尔桥上，他抬起手，为我们俩查看两边的交通情况，在我们可以经过时说"好了"，那时他的手轻轻地、温柔地拉着我的胳膊。我想如果，如果安珠不存在，本会不会想和我在一起。我想如果，如果安珠离开了，他会不会提议我们约会试试。在他想起安珠存在之前，我们之间的一切都很美好。

我想知道自己该如何融入本和安珠的生活。我想知道如果我能变成人类，我要如何融入，或者要是我能找到一种方法让自己大部分时候活得和人类一样，在他们的世界里我会存于何处，在他们的关系中是否能有我的位置。我知道自己可以靠他们维持生命，本可以让我保持活力，而在安珠身上，我会得到艺术家的陪伴。我们可以共用一个工作室，一起画画，互相支持，一如我想象中的罗塞蒂和莫里斯互相支持的模样。也许，最终，本和安珠会真正接受我的本来面目，还会带动物回家供我食用。如果实在不行，我也可以吃了安珠，这样就没有她了，就只有我和本了，这样我就能体验她的生命，体验她和本的恋情，体验她品尝过的食物——日式食物，甚至体验去日本。又或者我可以把本转化成吸血鬼，那是另一种选择：如果我没能变成人类，我可以把我想留住的人带入自己的现实中，可以让那些人不再是人，跟我一起脱离生命的束缚。

"啊啊啊。"我叹完气，闭上眼睛，任由自己的脑袋落到桌上。整个房间都在旋转。好吧,不是房间在旋转,是眼中的黑暗在翻滚。我的双腿很疼,胳膊很疼,脖子很疼,额头很疼,身上的每一根血管都在不停缩紧,空虚而饥饿。

我站起来,但不像是站了起来,更像是飘到了门口。我离开工作室,头发还是湿漉漉的,手巾披在肩膀上,开始爬楼梯。我能强烈地感知到这栋楼里还剩下几个人。我听到的不是他们的脉搏,而是他们的血液,像细小溪流奔流在血管中。我能闻到他们大脑的味道,像是某种奇怪的、蛋糕似的甜味与大脑特有的铁腥味混合在一起。我能听到血液的溪流涌入大脑,灌满肺部周围的静脉,流入手指和脚趾。我就那么飘着,就好像我根本无法控制自己的身体。我只想吞食。

那"地方"很黑,令我安心。被拉下来的百叶窗变成一块块方形的纯黑色块,在墙上排成一列;灯泡是反光的、暗灰色的球状。一切都平静而沉寂。但我不喜欢自己待在又黑又脏的地方还有心安的感觉,就把灯打开了,彩灯和主灯都亮了。

这里非常安静,整层楼空无一人。我打开冰箱,一道新的、更强烈的光从里面射了出来,我翻遍了货架,想知道是否有我可以吃的人类食物。过去,我曾成功地消化了黑布丁中的燕麦和花椒,尽管只是在吐不出来时吞下了很少的量。也许我可以吃一点温和的东西,能让我的胃恢复正常,让它以人类的方式消化食物,舒缓我强烈的饥饿,缓解我恶魔的部分对食物的渴望。我在网上找到的关于芭芭雅嘎的书上说，她有时候不仅会喝血，还会喝牛奶。

最上面的架子上有奶酪，一大块切达奶酪，一些素食马苏里拉奶酪，上面写着玛丽亚的名字，覆盖着艳粉色苏马克粉的羊乳酪外包装上写着沙克蒂的名字，还有一个圆形容器，里面放着 Dairylea 牌三角奶酪，可能是本的。冰箱最下面有几个午餐盒，盖子上用记号笔潦草地写了本的名字。我拿起这些午餐盒，看了看。每个盒子里都长满了霉菌。门上的架子里放着一些纸盒和瓶子：橙汁、燕麦牛奶、伏特加，正中央正是一小瓶牛奶。我看了看盖子上的"最佳食用日期"，还有一个多星期才过期。我把牛奶拿出来，给自己找了个杯子。然后我把它放在长桌上，看了一会儿。

我的人类部分并不想吃东西。它从来没有真正吃过东西，这辈子都没有。我一出生就患上了溶血症，这意味着我的红细胞无法正常存活，症状陆续出现：我曾短暂地停止过呼吸，我的皮肤曾变成某种黏糊糊的棕灰色，我的心脏一度跳得极快。我从未摄取过母乳，只是被送到一个特护病房进行监护，只是我并没有好转，直到我妈妈转化了我。在离开母体后吃下第一餐时，我已是一个恶魔。我不认为我的人类部分真的知道如何处理食物、品味食物。

手机在我的口袋里，我把它拿了出来，打开我最喜欢的照片墙博主——韩国素食主义者的主页，我看了她的最后一个视频，她在视频中做了桃子雪顶煎饼。韩国素食主义者乔安妮一边做饭，一边谈论她生活中的各种事情。她一边掰开一个桃子，一边解释她为什么放弃吃肉。她一边加入柠檬汁、红糖、肉豆蔻、一小撮盐、肉桂、杏仁提取物、枫糖浆，继而是纯素黄油和植物奶，以及筛过的杏仁和米粉，一边谈到她担心自己是否选择了一种太过白人风格的西化饮食，担心自己是不是在否认自身文化的一大部分，随后又谈到因为她是素食主义者，有人认为她不算真正的韩国人。我看了乔安妮的其他视频，她的声音抚慰着我，让我感觉自己也是人类，渴望体验她所说的爱和她所烹饪的食物。

我转到另一个主页，看着某个人的手精细地处理一小团白泷面，再用冷水清洗，接着放入一碗清澈的关东煮里，里面已经放满了用高汤煮熟的鸡蛋、白萝卜和纯白的鱼饼。接着，他们把一块年糕放在一个小炸豆腐袋里，用牙签封好，看起来像一个小小的抽绳袋，他们把袋子和其他配料一起放进高汤。"每年冬天，我妈妈都会为我做这道菜，"视频中传来一个声音，"就像每年冬天我外婆为小时候的妈妈做的一样。"视频中的人跟我一样有一半的日本血统，她叫梅，屏幕上的她脸红红的，手拿筷子，面对着摄像头坐下来，吃起她的料理。

在日本，食物被赋予了很多意义。每年二月，人们会把大豆扔出寺庙，以诱出恶魔，保佑来年的春天能够带来繁荣和好运。每年要根据方位食用寿司卷，以求得吉祥和财富。新年时吃荞麦面能连接上一年和下一年，面条断裂意味着食用者可以从上一年的不幸之事中解脱出来。在中国,新年时长长的面条象征长寿。在韩国,每个人吃下新年的年糕汤时,都会一起增长一岁。无论你来自哪个国家,这些习俗对东亚人的身份认同至关重要。但对我来说,我无法延续这些食物传统,无法求得长寿、传承,无法借面条摆脱不好的回忆,无法享用寿司卷和大豆带来的吉祥、繁荣和好运。妈妈告诉我,爸爸在世时很少吃英式食物,即使他身在英国,因为英国食物往往只是为了填饱肚子,而不带其他任何目的。在新年,他会为自己煮荞麦面,而妈妈会在一边看着。

每当我恨极了妈妈、希望爸爸还活着的时候,我就会去坎特伯雷的亚洲超市买我觉得他可能会喜欢的食物,根据菜谱做料理:打一个生鸡蛋进去,再撒一点海苔碎进去,闻着饭菜的味道,想着也许在某种意义上,爸爸就存在于那种味道里,也许我能在某个地方遇见他。现在,我只是把一切与食物相关的东西——咀嚼食物、品尝食物、食物的口感、面包、奶酪、面条、意大利面、蔬菜、香草,所有食材——都和爸爸联系起来,把血和妈妈联系起来。我知道,在妈妈的家族史中、在妈妈的个人史中,也曾有过人类食物。但我没法理解也没法想象她以人类食物喂食自己。

我真希望自己能感受食物赋予人类的,或与大地或与他人的联结感,能找到一个伴侣,结婚,过上简单的生活,养孩子,养宠物,在花园里养洋葱,掸掉洋葱上的毛毛虫,把洋葱从地上拔出来,切成菜炒。我又看了梅的另外一个视频,视频中她在煮冰咖啡，杯底有黑咖啡味的寒天果冻。她一边煮，一边讲述外婆在"二战"前逃往美国开了一家朝日洗衣店的故事。牛奶像缕缕烟雾一样慢慢落下，在咖啡中形成美丽的形状，咖啡底下是果冻。我心想这么漂亮的东西肯定也很好消化。我关掉手机，从纸盒里倒了一些牛奶进杯子里，闭上眼睛，无视脑海中恶魔的恳求，把杯子举到嘴边，想象杯中的液体是血，一口吞下，饮尽。

牛奶尝起来和我想象中的味道一样：一种来自某种动物而非人类的分泌物，这种动物生活在田野里，不会做诸如洗澡、上厕所、刷牙此类事情。我任由牛奶流下咽喉。但很快就希望自己能让时光倒流，这样我从一开始就不会喝下它。我猜这是因为我已经有段时间没吃过东西了。我之前吃得很少——一根黑布丁的末段，毛巾上被稀释的残血，一口干猪血粉末，一小只鸭子所有的血，算起来差不多就是人类的一块点心大小，我的血管兴奋地张开了，接受牛奶的进入，纯粹是以为自己的宿主除了它们需要的血不会摄入其他任何东西。我盯着自己的一条胳膊看：血管渐渐变成一种惊人的白色。噢，天啊，我心想：这可能是个错。

胳膊上的血管都变了颜色，接着胳膊也僵硬起来，有点痉挛。随后，我身上的其他地方也发生了一样的变化，出现一种喘不过气的奇怪感觉，我从座位上摔了下去，在地板上躺了很久，起初疼痛持续不断，继而疼痛像浪一样一波接一波。我缓慢移动，直到找到一个更加舒适的姿势，头贴着地，身体蜷缩起来，胳膊向两侧展开摊平，脚趾弯曲，咬紧牙关。慢慢地，我开始前后摇晃，不住摇晃，慢慢地，我开始离这个世界越来越远，视野渐渐缩小，直到只剩下中间的一个小点，随后彻底消失。

我从未了解过什么东西能杀死吸血鬼。妈妈拒绝告诉我；有时候，我怀疑她自己都不知道。十几岁的时候，我把神话、书籍、电影和电视剧里提到过的能杀死或伤害吸血鬼的东西都试了个遍。非常戏剧性的是，我还去过位于肯特郡海边的一座教堂，那是我中学附近的一座教堂，当时我本该去上我的第五节课，是一节体育课，我沿着教堂长椅中间的过道走过去，在确信周围没有人可能会看到我之后，我把自己挂在洗礼池前面的金色十字架上，双臂搭在金色十字架两侧伸出的部分上，身体贴着中间的柱子。我不记得那天我为什么会那么痛苦，多半是为了些非常蠢的事。我大喊："我已经准备好了！死亡，来吧！"然后静待我的皮肤开始燃烧，等待蒸汽、烟雾或《吸血鬼猎人巴菲》中吸血鬼被十字架压在脸上时产生的那些东西开始从我身上升腾。但那些东西一直没有出现，我离开教堂时觉得自己蠢爆了。还有一次，我在热浪中走到花园里，脱得只剩内衣，四肢摊开躺在草地上，等待自己化为烟雾。但躺了几个小时后，我等到的只有大面积晒伤，有些地方甚至起了水泡，其中几处疤痕至今还在。我曾试过往木桩上摔，但那很难做到，妈妈一边看着一边摇头，看起来并不太担心，所以我猜那也行不通。我还喝过一整瓶网购的圣水,不过也许那不是真的圣水,只是水,我也拿不准。总之,我从未学会如何结束自己的生命。但现在,也许,我在无意中发现了答案:牛奶。也许,明天另一个艺术家会来到这里,发现这里有一堆灰烬。整个晚上,我都会保持这个尴尬的姿势,慢慢死去。

渐渐地,我全身的抽搐平复下来,彻底静止了,仿佛任何活动离我的存在非常遥远。一切彻底静寂。在这种情况下,在脑海里的黑暗中,浮现出两个奇怪的、缎带似的东西,像鳗鱼一样。一条是蓝绿色的,另一条是红色的,都没有脸,但我觉得它们都是动物,都是活生生的动物。在黑暗中,它们游向彼此,缠绕在一条中心线上。继而,好像每条鳗鱼体内也有什么活物似的,它们身体的两侧伸出细小的卷须,卷须在中间相触相连。借由卷须,这鳗鱼似的东西的颜色互相渗透,直到最后,二者都变成同样奇怪而阴暗的颜色:一种紫褐色,上面带了绿色的斑点。这颜色逐渐变暗,就好像我脑子里的灯都被调暗了。我屏住呼吸,抑或停住呼吸——我拿不准。接着两条鳗鱼分开了,一个场景随之出现。

猩红果园。我辨认出那栋建筑的形状。但周围的一切看起来都不一样了。天空是奇怪的橙褐色,一轮巨大而浑浊的圆盘悬挂在云层中间。到处都是些形状奇怪、可能曾是房屋的东西,如今被烧得只剩下残骸,没被烧毁的木头和绝缘材料上跃动着小簇的火苗。脚下的地面嘎吱作响,我低下头看,发现自己踩的是骨头。心里有种感觉告诉我:几天或几周后世界末日就会来临,太阳即将取走我们的性命。

我走进去,里面没有人,只有我妈妈,独自坐在镜子前。灯灭了,冰箱也没有声音。到处都是灰尘,落在我妈妈的所有物品上:墙上的奶牛图片,梳妆台的顶部,皱巴巴的灯罩,她的床仿佛已经很多年,甚至几十年没人睡过一样。房间很暗,但妈妈似乎在发光。她穿着我从未见过的衣服:一件宽松的蜡染连衣裙,上面密密麻麻地印着鲜花和树叶,颜色鲜艳——鲜红、艳紫和暖橙,以及浓烈的蔚蓝色,衬得她的脸越发有生命力,仿佛她彻底、完全就是个活人。

"妈妈。"我的声音很奇怪。有回声。

"莉迪娅,"我妈妈说。"你来了。"

"当然。"

"带我走,"她说,"请带我走,求你了。"

我坐在床上,一小部分裂了,仿佛并非灰尘落到了床上,而是整张床都是由灰尘制成的。一大片灰鳞从床上脱落,飘向空中。房间里发出咯吱咯吱的声音,就像外面的世界正在移动。

"妈妈,我不能带你走。"

"为什么不能呢?"

"因为你让我觉得自己不配活着,"我听到自己说,"就好像你被转化的那一刻就死了一样。你要我怎么活在这种阴影下?"

"我确实感觉自己死了,我们都死了,你知道的,"尽管妈妈的脸颊泛着红晕,"太阳来找我们了,莉迪娅。"她看着镜子里的自己:"让我跟你走。"

我把头埋在手里,能量在流逝。在妈妈的椅子旁边,地板发出咔嚓声,好像那地方尤其干燥,好像大地变老了,形成皱纹,随时会塌陷,将一切吞没。"我们没死,我们也不邪恶,"我不抬头,"那不过是人类的看法,觉得我们被转化了就是死了,觉得我们是从一个神圣的、有生命的东西变成被魔鬼驱使的死物。但妈妈,我们不是那样的。"

我抬起头,觉得自己脑袋的一部分也像身下的床一样碎掉了,飘向空中。头顶的天花板正在脱落。阳光渗了进来。"你知道,龙虾只会越来越大,而不会老去,如果没有其他危险,龙虾能活一辈子。海绵这种动物也是,妈咪,"我用小时候的称呼叫她,"海绵能活成千上万年,能永远保持美丽和明亮。那就是我们。"房间里的阳光变得更强烈了。

"海绵。"妈妈说话间,嘴唇崩裂,一片片粉色碎片宛如花瓣一般,从她的脸上飘落,升腾,化为灰烬。

"记忆造就生命,"我的声音变得嘶哑,几乎难以听清,"想想你所见过的一切。你和树一样古老……"墙内传来一阵巨大的咯吱声。"像山一样古老。"然后我的脸被灼热,面前的景象,连同我的妈妈,都消失了。

脸上忽然有种奇怪的感觉,是某种温热而湿润的东西。接着我听到一个声音:"莉迪娅!你怎么了?"我吸了口气,睁开眼睛。原来是猪猪和玛丽亚。猪猪的脸离我很近，舌头已经垂到我的嘴巴和鼻子上。玛丽亚站在房间的另一边，朝我走过来，蹲下身，一副担忧的样子。

我想血管变了色后，自己定是不受控制地扭动了，此刻我侧躺着，胳膊笨拙地往前伸，脑袋紧贴着胸口，已不再是我昨夜强迫自己维持的姿态了。

"你好。"一个声音说，是一个很好听的声音——一个女人的声音，不尖厉，也不低沉。

"嘿。"玛丽亚说，接着我意识到那个声音可能是自己的声音。"你还好吗？"她问，"你生病了吗？"猪猪开始舔我的脖子，我张开嘴巴。

"牛奶坏了。"我说，再一次确认这确实是我的声音。

"你喝了变质的牛奶？"玛丽亚问。

我点点头，脑袋感觉异常沉重。我把头放在地板上。玛丽亚抬头看向桌子，拿起那盒现在基本上已经空掉的牛奶。"是这个吗？"她问。

我再次点头。玛丽亚回到我身边，把一只手放在我的胳膊上。她用另一只手拿出手机。我本想告诉她离我远一点，因为我很危险，因为我不再知道自己究竟是什么，因为我不是人类，但我的眼睛再次闭上了。猪猪一屁股坐在我身边。温暖的气息传到我的脸上，它的脸贴着我的下巴。它呜咽着，和我想象中我把玛丽亚吃掉时它的呜咽一模一样。那声音相当美好，令人平静。

"嘿，猪猪。"说完，我伸出胳膊把它揽到怀里，我摸到它的肚子，在上面摩挲。"谢谢你。"我说。

我听到玛丽亚在打电话。我想自己应该是又快睡着了。"她说她喝了变质的牛奶。"她说。我闭上眼睛，心里觉得有点温暖和开心。"我不知道。她的头发很湿，还有一条毛巾。我不清楚。"在黑暗中，我再次寻找那两条如缎带一般的鳗鱼。我想寻找它们向我展示的东西，想找回那个关于我妈妈的梦，想确认她一切都好，确认她活了下来。但眼前太黑了，比我的双眼能穿透的黑暗更深，让我觉得自己是不是回到泰特美术馆的米罗斯拉夫·巴尔卡的作品中，回到了那个黑盒子中，黑盒子的墙壁能吸收所有的光线。我伸出手。"是啊，我要去赶飞机，去爱丁堡看我父母。"玛丽亚在遥远的某处说，非常遥远，无关紧要。"你能过来吗？"黑暗中，我感觉到妈妈的手指和我的手指交缠在一起。这真的发生过吗？我和妈妈是在巴尔卡的《是如何》里牵手了吗？这是过去的回忆，还是梦境的延续？这是日落后发生的事吗？这世上是不是仅剩黑暗了？有脚步声传来，继而另一个人的声音出现了。

"嘿，玛丽亚。"

"嘿。"

"莉迪娅？"

慢慢地，我们的手指分开了。"妈妈，在这样的光线下我看不到你。"说话间，我们的双手松开了，我再也感受不到妈妈了。

"我也看不到你。"妈妈说。

"莉迪？"

我感觉那股暖意离开了自己的胸膛。猪猪站了起来，或者是被抱了起来，不再靠着我。

"本？"

"莉迪，醒醒。"我再次睁开眼睛。眼前是两张漂亮的粉红脸蛋，是本和玛丽亚。

我现在躺在大大的懒人沙发上，身子陷了进去。本正站在房间对面的柜台旁，背对着我。壶子里在烧水，本拿着一块三角形奶酪，像吃香蕉一样，把奶酪的包装剥掉一半，就那么吃着。他身旁是一小堆银质包装纸，另一侧的柜台上摆了个杯子，里面有一把勺子。杯子后面，是一个敞开的好力克斯货柜。我的一只手搁在自己的脸上。我用那手摸摸嘴角，那里有一行干掉的唾液，顺着下巴延伸，手一碰就掉了一些。我一看，那是白色的、牛奶般的东西。

奇怪的是，我竟感觉自己有几分像动物：平静，但又像是想要跑上很久，想要跑得很远，而且不是用双腿跑，而是四肢着地跑。这就好像自从喝了牛奶，我体内的恶魔越发想要逃离这具人类身体。但我动不了，身体异常沉重，无法抬头，仿佛我的脑袋是密实沉重的木头做的。我又吸了一口气，闻到了本的味道。我闻到了他身上的沐浴露味道，他的汗味，还有一点泥土味道，也许是他的鞋子上沾到的。我还闻到了他的唾液、皮肤的味道，还能隐约闻到他的血味。自己的感官还是被牛奶弄得迟钝了一些。我离本这么近，却完全闻不到他大脑的味道，也完全听不到他血管里血液流动的声音。

"嘿，你醒了。"本拿着奶酪盒走了过来，"想来一个吗？"我微微摇了摇头。这是我此时能做的最大动作了。我看着本的嘴巴动了动，看着他咀嚼，下巴随之打开、合上、打开又合上。"天啊，肯定，你现在肯定不想吃奶酪，是吧？你感觉好点了吗？"

我张开嘴巴。它突然打开，就好像此前我的嘴巴是被什么东西封住了似的。我抬眼朝本的脸看去，那张脸是那么柔软，容光焕发，像是一个桃子。我看着他往嘴里放入更多的奶酪，感受到了一种强烈的嫉妒。他胳膊和额头上的血管美丽的红色和蓝色依旧。"我真是太恶心了。"我小声说。

"没有，真没有，"本含着一嘴的奶酪说，"没有，你不恶心。别担心，你只是病了。"他把奶酪咽了下去。"我一点也不介意。"说完，他若有所思地看了我一会儿，问："到底发生了什么？"

"喝的牛奶坏了。"我的声音很轻，无法很好地传达出来。

"哦，好吧。"说完，本顿了一下，抿紧嘴唇，像是犹豫要不要说点什么。"嗯，我刚刚闻过那个牛奶了，似乎没坏。"本盯着自己的手，说："你好像说起了你妈妈还有什么的。我是说，你倒不是说起了她，更像是你在呼唤她。"他清了清嗓子，看起来很尴尬。"我理解你的感受，如果你觉得……我不知道……而且你……你知道，你是不是……"他叹了口气："我是说，你……你想她吗？"

我低头看了看自己胳膊上的血管。有些呈某种粉色，剩下的则是很浅的蓝绿色。我想起了之前出现在脑海里的那两条鳗鱼，想起它们分开后出现的场景。我试着思考本的问题，但我发现想起妈妈很难。我妈妈——我一辈子想要努力远离的人，她就像一件沉重的死物，我注定要一辈子背负着这东西，被它拖累，被它妨碍，被它害得无法过上自己的生活。当我对本撒谎说我妈妈已经死了，我并不内疚，因为她自己也觉得她已经死了。也许那时候我也这么想。但在我的梦中，在真正死亡的威胁下，她似乎比以往任何时候都更接近活着，比那个现实中的任何人类、任何被燃成骨与灰的存在都更接近活着。本的脸上露出痛苦而同情的表情。

"如果你不想谈，也没关系。"本把奶酪盒盖上，他在这儿待着的时候把盒子里的三角奶酪都吃了。

"我是想妈妈了。"我开口道。

我确实是想妈妈了。在我还很小的时候，我可以整个人趴在她的腿上，双腿伸直，刚好够到她的膝盖，我的头和她下巴下的小窝完美契合，我一转身，脸正好在她可以吻到的位置。是妈妈让我讨厌自己身上最根本的东西，但我不认为她——我的妈妈，真的讨厌过我。她曾经说过她多么喜欢看我长大。"你还是个小宝宝时，"她说，"我会整夜整夜地看着你，以防我错过了你某些的变化。"在我大概九岁的时候，她告诉我，她希望我的童年能永远持续下去，这样她就能一辈子看着我长大、变高，变得更强壮、更有女人味、更加自信而独立，一辈子。而当我停止改变、停止成长时，我成了某种停滞不前的存在，成了我能成为的一切。那时妈妈便与我渐行渐远。她似乎不再关心我，不再告诉我她爱我，甚至她的一举一动都在说她不爱我，就好像一旦我的身体跟她一样，成了某种再也不会变化的东西，我在她眼中就不再是纯净的、好的东西了。"我想我确实是想妈妈了。"我重复。

本挨着我，在懒人沙发上坐下。当他陷进沙发时，我躺着的那部分鼓了起来。本的体温开始温暖我的皮肤，之前那种熟悉的渴望随之再次浮现。那是一种对食物——我身体真正需要的食物，而非人类的食物——的渴望。但我仍然动不了，不知是不是因为留在血管里的牛奶凝结、变硬了，我的身体也随之变得僵硬了，像是我被什么缚住了。只要本还在我旁边，我倒希望自己身体就这么僵着就好。他暖得像是刚在炉子烤过似的。"是，这就是我真正恐惧的部分，不是死亡本身，而是在此之后的思念。"他说。

我艰难地点点头。

"我能帮你做什么吗？"本问，"我今天晚上会留在工作室，所以我们可以，我不知道……也许一起看点什么，我也不确定。"

"我以为我们不能在工作室里过夜。"我喃喃地说，略微有些口齿不清。

本的耳朵红了。"嗯,我知道。不过,我的意思是……我觉得有时候也是可以过夜的。"

"有时候,比如你需要留在这里的时候?"

他笑了:"哈哈,是的,算是吧。"他扭动着身子,在我旁边躺下,胳膊贴着我的胳膊,脖子离我的嘴巴差不多有半米远。我感觉自己嘴里溢出了一点唾沫,沿着脖子流到了懒人沙发上。许久后,本开口道:"你妈妈的事,我很抱歉。"

"没事。"我说,心中真切地悼念我失去的那部分妈妈。

我看着本闭上双眼,真希望能告诉他我之前想象过的、一同生活的三种图景。第一种:我、他和安珠一起生活,我努力活得像个人类——不过,考虑到摄入牛奶在我身上引发的反应,这个选择现在看来应该是不行了。第二种:吸血鬼的我和人类的他一起生活,没有安珠。本负责让我有活着的感觉,负责提供那天晚上他给我的、让我心跳得像个人类一样的生命力量。第三种:我和他,双双以吸血鬼的身份生活在一起,脱离寻常的生活。也许还可以捎上他妈妈,把他妈妈从死亡的病榻上救下来,将她且不论还剩多少的生命延续至永恒。我真希望自己能对他坦白,能对任何人坦白。

本睁开眼睛,看着天花板,沉默了一会儿,说:"我准备回家住几天,就是陪我妹妹、爸爸一段时间,你知道的,也陪我妈待上一段时间。"

"噢,好的,"我说,"安珠会和你一起去吗?"

"不去,我不想让她去。柏林有个画廊想要推介她,我不知道……她正处于她职业生涯的重要时刻。我不想把她拖下水，你明白吗？"

"那你们俩分手没？"我问。

"没，"本叹了口气，"不过，我们正处于人生的不同阶段。我最近意识到了自己想要的东西比安珠想要的要少。我想要家庭，还有一份正常的稳定工作，一幢小房子。我想找个人安定下来，一起变老。而安珠，她想追逐更宏大的梦想。"

"那一点也不少。"我说。

"什么？"本问。

"你想要的东西，"我直视本，说，"一点也不比安珠想要的少。"我想告诉他，那些东西也是我真正想要的，却是我永远也无法拥有的，而正是我永远无法拥有，我才能看清其中巨大的价值。我能看出来，本想要的更接近于生活，而安珠想要的，本质上就是一种永生，那是我天生就有的东西，不过安珠想要的是另一种永生，一种以艺术达成的永生。

本说："但作为艺术家，我们不应该渴望那种生活，不是吗？要是被人发现我并没有把全部生命都投入艺术创作中，发现我并没有打算为了艺术放弃家庭、孩子和稳定收入，他们多半会觉得我的艺术不真诚。"

"也许只是那些人太蠢了。"说完，我意识到说话间，自己的身体恢复了一些行动能力，手指可以动了。我把它们攥成拳头，握紧。

"我不知道。我一直在想，也许我就像个堕落的艺术家还是什么的,就好像成为优秀艺术家的那部分东西被我丢了,正是那部分东西让艺术家不用去思考正常生活中的一切,只专注于让自己死后不被遗忘。"本说。

"嗯。"我动了动舌头,舔了舔嘴唇。渐渐地,我把头从懒人沙发上抬起来,坐起身。房间随着我的动作摇晃起来,但很快又平稳下来了。我的视力开始恢复,渐渐能看清太多本用肉眼看不到的东西。我能看到彩灯的电线上积了尘,能看到从百叶窗和窗框之间的缝隙里透进来的微小光点,看见那些光点与房间里的光线混合在一起,能看见每一个灯泡里闪着的纤细电光,就像一根根细细的蓝色头发。我低头看向右侧。本就在我下方,睁着眼睛,但他能看见的太少太少。我弯下膝盖,听见它们吱吱作响,好像膝盖里的牛奶在分裂和松动。"我觉得,最好不要过多地关注你死后是否会被遗忘。"我看着他说。

"嗯,这话好有道理。"本说。

我把指甲掐到手掌里,咬紧牙关,说不清自己想要的究竟是什么。我看着本躺在我下方的身体,不知自己究竟想做什么,不知是哪个部分在指挥我,不知自己感受到的是饥饿还是别的。

我朝他伸出手,这手很轻易就伸出去了,之前缚住我的东西仿佛消失了,仿佛只要愿意,我的胳膊和腿甚至可以向后弯,我的手可以毫不费力地插进任何东西,插进本的皮肤、肋骨和肌肉,直抵他的心脏。我把手放在他的肚子上,眼睛睁得大大的，呼吸变得正常、舒服，缓慢而平静。我继而把手移到他的手臂上，动作很快，但很温柔。我把自己的手塞进他的手里。他的手很温暖，有点潮湿。有那么一刻，我感觉好极了，不再那么失控，更像个人，一个活在灯光下的人。我一边感觉自己的皮肤微微暖和起来，一边希望我们永远不会离开这个地方，永远不会离开这一刻，我们会把这里变成一个家，为对方也为我们的朋友做饭。

不过，差不多一秒后，我就能感觉到本的手抽走了，取而代之的空气像是凝成了一个固体。"莉迪，"旁边响起本的声音，"我们不能这样。"

我摸到了裤袋，一个容许我的手爬进去的黑暗角落。心脏又一次跳得比平时更快，但和上一次的原因不同。这一次，我的感觉并不太好。"我很抱歉，莉迪，我有安珠了。那天晚上是个错误。"

我迅速坐了起来，比我预料得更快，像是直直挺了起来似的。本吓了一跳。"你不喜欢我。"我听到自己说，又立刻因为自己说了这么幼稚的话而尴尬不已。但我所说的确实是我的感受：我是个错误，而我是个错误并非因为本和安珠很幸福，也并非因为我跟本彼此并不了解——我确实短暂体验过本的出生、他人生的一些片段，而安珠却已经和本在一起很多年了，一直关心他、爱护他。我是个错误，是因为我是个恶魔；是因为我是接近于猪的存在，在年复一年地喝着这种动物的血液之后，我的身体已经带上了这种动物的痕迹；

是因为我的体内满是死亡。和本在一起的那天晚上,我感受到了生命的边界。也许他在我身上感受到了截然相反的东西:一种黑暗、不祥、难以衡量的波浪,一片难以穿透的阴霾。

本叹了口气,说:"不是那样的,莉迪。我真的很喜欢你,但我们只能做朋友。"我点点头,但身体似乎再也不受我的控制,而是突然之间被某种存在或某个人掌控了。

本挣扎着从懒人沙发上站起来。"要不要我下楼去把我的笔记本拿来?"他站在我的面前问,"我们可以就待在这里,看点什么。我再拿床羽绒被之类的东西过来。"

我摇了摇头,把指甲掐进掌心的肉里,直到有液体从小伤口里流出来。我想说话,想说"不用",但我发现自己发不出声,能量消失了,那只鸭子最后残留的少量血液此刻只流向了最关键的肌肉。我的喉咙哽住了,仿佛在喉咙深处,所有的灯都熄灭了,肌肉瘪了下去,无力地落在旁边的平面上。我用舌头抵住下牙。"你该进食了。"脑海中的一个声音说道。

8

我用尽了一切力量,用尽了体内人类的一切力量,才得以离开。我站起来,觉得自己比本高多了,即便我并不是真的比他高。我向后退,退了一步、二步、三步。本在说些什么,但我听不清,耳朵像是被什么覆住了似的。我不确定这是生理问题,是因为我体内的血液太少,无法维持听力,还是个心理问题。也许恶魔屏蔽了本的所有语言,让他看起来不那么像人类,而是近乎动物,在我面前喃喃自语,咕咕噜噜,满脸困惑。在某个时刻,他把我的手举起来,眼睛瞪大,低头看着我用指甲在手掌上挖出的月形小洞,洞里正在渗出白色的液体。他看起来很惊慌,试图拿起手机,说些我听不懂的话,并向我做手势,让我做点什么,也许是和他一起去某个地方。他正在穿鞋,拼命把鞋子往脚上套,却忘了弯腰解开鞋带。

我把手抽走,而他想再抓住我的手,但接下来,我做了一件之前除了对自己,我从未对其他人做过的事。十几岁的时候,我曾在家里对着镜子,演练我在学校里会如何对付霸凌者。我张开嘴，嘁起，冲着本亮出牙齿，他踉踉跄跄地往后退，像被狠狠推了一把。然后我转身离开，跌跌撞撞地走向门口，身体依旧虚弱，尽管我感觉自己可以跑很远很远。

本没有跟我下楼。身后没有任何动静，什么都没有，只有被放大的空旷空间。我心想，这下我是彻底孤独了。我永远也成不了人类，永远无法和人类一起变老，也永远无法和人类由单纯的性关系发展出性以外的关系。这好像是我第一次感知到时间，正确感知到我在时间中的位置。我像感知空间一样，感知到时间的存在，感知到时间在我的面前展开、延伸，无垠，疯狂且可怖。我能感觉到时间在我身前摸索着，伸出手指，与世界尽头相连，与万物尽头奇异而多彩的焰火相连，一切元素都在灼烧，被烧至黑色。正如梦中一样，太阳近得令人难以承受，我的皮肤随之烧起来了，心脏依然不屈地跳动着。成长期时，我每一年都在变化。而现在，我不会再有任何变化，不会再有磨损，也不会再受侵蚀，只是一个无法再对周遭事物产生任何反应的存在。然而，每个小时还是一样的，每一分、每一秒放在我身上，和放在人类身上都是一样长。但我的生命却是与人类的生命截然不同的东西。

我不知道自己想做什么，不知道自己是何感受，也不知道自己究竟是什么。我走到楼梯底下，停下来，低头看着自己，惊讶于自己居然还有一具人类的身体，惊讶于自己的双腿还像正常的双腿一样走动，惊讶于自己的双脚依然能前后交替地迈步。楼上，本还在那"地方"。我又能感知到他的存在了。我能感知到他的一切。我之前听不到他说话，但现在，我能听到他体内如溪流般流淌的血液，听到他跳得很快的心脏，听到他的大拇指在手机屏幕上敲击、发送信息。在脉搏跳动和心跳之间，他思绪的片段仿佛也依稀可闻。思绪中出现了我的名字，玛丽亚的名字——他在给玛丽亚发信息——还有其他的单词：帮助、医院、生病、齿，当然还有牛奶——从我双手流出的牛奶就在他手上。他闻了一下味道，认出了那个味道。我能感受到他的身体在颤抖，也许是受了惊吓。我能感觉到他在试着控制自己，做深呼吸，在椅子上坐下来。他似乎吓坏了，也许是被我吓到了，也许是被整件事吓到了，也许两者皆有。我意识到一部分的自己在享受这种情况，但在意识到这一点后，这反过来也吓到了我自己。

我溜进我的工作室。里面很黑，屋内依然整洁，还是我去那"地方"前的样子：靠墙竖放的画布上是化成某种奇怪人形的雅嘎，而真正的木偶雅嘎就挂在我做的晾衣绳上，垂在画旁边。木偶雅嘎下方的桌子上有一个小水坑，是她的头发上滴落的洗澡水。约瑟夫·博伊斯和那只土狼的画也挂在墙上。我都忘了自己把这些照片挂起来了。其中一张照片里，土狼撕扯着博伊斯的毯子。另一张照片里，土狼平静地看着窗外。

我只待了几分钟，就感知到本来到了我工作室的门外。他敲门，喊我的名字。但此刻，那名字似乎已不再适合我。"莉迪,"他又说了一些我听不太清的话,接着问,"莉迪,你能让我进来吗?"

我靠着门,坐在地板上。透过门,我能感受到本的循环系统,他体内的血管像藤蔓一样,从他的心脏里妖娆地长出来。我能闻到他的鲜血,香甜、熟悉、充实,跟我想象中刚出炉的面包味一样。我用手摸索着门,仿佛能从中获得某种养料。我可以异常迅速地打开门,轻易地把门外的本抓进来。在门内,只会有我和他,而在门外,其他人将很快抵达:艺术家们会开始一天的工作,甚至还会有医生过来——如果本打了电话,告诉对方我需要看医生的话。但在门内,在这里,只会有我们俩。黑暗中,只有我们俩。

然而,即便在我的脑海里,我也无法想象之后的任何场景。除了把本拉进我的工作室,除了看到他站在我面前——即便是在我最虚弱的时候,他也比我虚弱得多,我也不知道该拿他怎么办。就好像和他做爱把我们关系搞复杂了,所以此刻我无法再把他当成纯粹的食物。但与此同时,我又觉得自己还不够了解他,不确定自己是否愿意和他共度余生。如果我把他变成吸血鬼,我就会永远和他在一起,而我的一部分——我认为是人类的一部分——现在正在生他的气,因为他明知我们之间不可能却任由一切发生,因为他把他的手从我的手里抽走。不过,还有另一种选择,但他值得另一种选择吗?他值得单纯的死亡吗?值得单纯成为我体内的养料吗?

我从口袋里拿出手机,开始编辑短信。我努力抬起头,手指缓慢地敲着字。"我很好,只是需要一个人待着。"我按下发送键,立马收到了回信。

"但我还是很担心你。"本说。

"我很好。"我再次打字说,又补充道,"求你别叫任何人过来。"

"那你至少让我进去吧?"本回复。我想了一下,把身体贴在门上。他的脉搏在跳动,心脏的瓣膜在开合。我感觉到他在吞咽,而我仿佛被那吞咽声的震动击中了,我真切地感受了这些震动,我的胃也感觉到了。我把手放在门把上,又把手拿下来。"也许过一会儿?"我发信息说,"现在我只想睡觉。"

"好吧。"过了一会儿,本回复说。他离开了,随着楼梯而上升。我听到楼上他工作室的关门声。我把手机收起来,深吸一口气。

我在门边坐了一会儿,看着我的血管,想知道既然体内已经几乎没有血液,既然我的血管已被牛奶冲洗,那我体内的两个自我还剩下什么。我回想起昨晚牛奶在体内扩散时我做的梦:两条奇怪的鳗鱼纠缠在一起,仿佛要依靠彼此才能活下去;还有关于我妈妈的梦。在很长一段时间里,我都专注于爸爸,觉得他代表了我身上活着的那部分,却忘记了不论妈妈说什么,做什么,她才是真正活着的那个,而我爸爸才是那个真正死去的人。

我想自己其实早就清楚，我的两面是无法分割的，对妈妈来说也是如此。我若以吃猪血来惩罚恶魔，就必定也会惩罚人类的那一面。我不能只听从一个自我，而屏蔽另一个自我。我不能强迫其中一方蛰伏，假装只有另一方在生活。我不能让任何一方饿死。实际上，我甚至根本没有两"面"。我只是两种东西混为一体的存在，既非恶魔也非人类。

我看着自己的胳膊，看着胳膊的曲线、与生俱来的骨架、手腕的形状。在接下来的几个世纪里，这双手可能会继续画画，但也可能会做其他事情。它们会触碰什么？也许会触碰人类，也许会触碰其他吸血鬼，也许会触碰彻底不同的、我尚不知道的生物，可能的话，也许会触碰我自己的孩子。也许这双手会触碰山顶和稀薄的山间空气，沙滩和大海，黑暗而虚无的空间，其他行星的表面，散落在行星表层陨石坑里的风化层，流星尘，太阳的火焰。我想知道，在做所有这些事情的时候，会不会有人陪着我？也许，我的手里会握着另一只手？我妈妈的手？我女儿的手？我儿子的手？我是否会为自己创造一个同伴——不论作为人类孕育一个，还是作为吸血鬼转化一个，抑或结合两种方式创造一个？我应该先独自生活一段时间吗？还是我现在就应该创造那个同伴？

我爬到放了我所有东西的桌子前，挣扎着坐起来，坐在离我最近的椅子上，然后从颜料管里挤出一些颜色，挤到我一直用作托盘的盘子上。我其实没有真的在思考，只是向前倾，把雅嘎从晾衣绳上拽下来，抱在怀里，没有把手伸进她的身体里，而是让她保持原来的样子，内在黑暗而空虚，像我发现她时那样奇怪而毫无生气。然后我开始在我昨晚创造的人形雅嘎上作画。我用了同样的颜色，但更精准地下笔，精准地描绘出了木偶雅嘎的样子，也精准地表达出了我的感受。我保留了一些人类的皮肤和头发，但我把黑色的背景融进了身体的部分，这样就分不清人物的轮廓和后面的夜色在何处交融。月光从雅嘎的头发深处洒下来，反射在她的眼睛里。

我还没有画完那幅画，但我开了一个好头。但很快，我就不能继续了。饥饿是那么强烈，令我感到极其沉重、眩晕、空虚，以至于我不得不用双臂撑着椅子，来保持身体的平衡。随后我摔倒了，砰的一声倒在地上，脑袋一阵阵地抽痛。

我在地上躺了一会儿，意识断断续续。本给我发短信，我设法读了，但没有回复。他问我情况怎么样，说他一会儿会下楼给我带点吃的。这让我想笑。接着几个声音像合唱一样在我的脑中同时响起。它们异口同声地叫我吃东西。在我旁边的地板上，木偶雅嘎甚至张开了嘴，用一种既不像人类也不像动物的声音说："喂我，莉迪娅，喂我。"然后我的身体站了起来，被我的饥饿逼得站了起来。我出门了，只在口袋里装了钥匙和手机。

外面的天已经黑了。天气也越来越冷。人们的脖子上都围着围巾。橱窗后面，人们分享食物，喝着热巧克力和咖啡，或是举起酒杯，兴高采烈地交谈。人们笑得很开心。有人在外面跑步。有人在遛狗。我沿着河边走了一会儿，痛得弯起腰，喘不过气来，越过栏杆望着下面的河水，盯着沙地，寻找可以吃的动物——不管是死的，还是快死的，甚至是活的，我全都可以吃。

我能闻到在周围人类的血液，能听到他们体内血液的声音，就好像我很清楚、很熟悉他们每个人的身体结构，他们的心脏、肺部不同瓣膜之间的距离，每块肌肉的大小。我经过几个看起来很匆忙的男人，他们拿着装在外卖杯里的热饮，还在费力地盖上他们没有盖好的盖子。我感知到其中一个男人的腿上有一个小疙瘩，在他大腿的中间有一个血栓。有那么一瞬，我本想告诉他，但我没有，只是继续往前走。开始下雨了。我在人群中穿梭，步履蹒跚，转身向国王路走去。所有人从我身边跑过。有些人短暂地看了我一眼，避开了我。人们一头钻进可以避雨的地方，或是打着伞，戴着兜帽，拿着啤酒杯躲进酒吧。他们都短暂地在我的世界里存在过，又很快从我的世界里消失了。在他们身后，雨幕像窗帘一样闭合。

我沿着有光处走，透过餐馆和酒吧的窗户往里看。我爬上剧院的楼梯，看到里面的人三五成群地站在红地毯上聊天。有些人正拿着节目单翻看。那里有高高的桌子，一些人围着桌子站着，桌子上放着一碗碗的食物：坚果、薯片、蘸料和橄榄。我继续往前走，路过一家意大利餐馆，里面的人正在吃海鲜意大利面。另一家餐馆里，两个人中间放着一大盘牡蛎。一男一女正在兴致勃勃地谈论着桌上的东西：一张厚厚的纸，上面有文字和用笔写的笔记。"你吃过扇贝吗？"一人问。"你有时间看一下菜单吗？"另一个人问。两个一袭黑衣的女人，拿着乐器箱，在外面分喝一瓶葡萄酒，旁边放了一个室外取暖器，把她们的皮肤映成了橙色。一个服务员端着一排寿司走了出来。

我在一家土耳其熟食店外面坐了一会儿，感觉头晕，呼吸急促，胃部极其疼痛，就像这个器官自己给自己打了个结。座位是湿的，但我并不介意。一个人推了推他的朋友。"嘿，"他拿着一罐啤酒朝我傻笑着，问道，"你还好吗？"我什么也没说，也没办法说，只是点了点头。那个人看着他的朋友，二人交换了一个眼神，但我不明白那眼神是什么意思。"需要送你回家吗？"那人问。可能是我看起来像喝醉了。我用手指蘸着桌上的水，摇了摇头。那两个男人离开了，开腔的那个还低声咕哝着："好吧，随便你。"当他们离我几步远的时候，我站起来，开始跟上他们，他们的心脏在我的前方，像小鼓一样跳动。但随后，我跟随了另一种本能，转身朝另一个方向走去。

我又过了河，拐进一条黑暗的小路。黑暗令我安心，不像是笼罩在我周身，更像是穿在我身上，宛如一件斗篷似的将我的肩膀裹起来，让我感到平静，这是我在光线下无法感受到的。我走了一会儿，又拐了几个弯。人声渐息，我并不知道自己要去哪里。起初，我以为自己是在往坎伯韦尔走，去安珠那儿，但我很快就意识到并不是。体内有什么东西在引着我，不断往前走，穿过一条条我不熟悉的街道。雨停了，周围只剩下自己的脚步声了。

我走着走着，建筑物越来越少，才意识到自己正走在一条两旁都是仓库的路上。这里特别安静。我继续往前走，能听到流水声，听到我的呼吸声。接着，我停下脚步。我正站在水獭画廊前。大楼里的灯正在一盏接一盏地熄灭。接着，一个人影出现在前门的门框中。起初，我以为是希瑟，但那完全不是她的轮廓——是吉迪恩。他正在锁门，不曾意识到我就在他身后。我看着他摸索了一会儿。他肩上撑着一把伞，在借手机的光找到锁孔的位置，再把钥匙插进去。我静静地站了一会儿，就站在阴影里，观察他。

在我们头顶的月光下，我看到吉迪恩只是个普通男人。从外表看，他跟怪物毫无关系，也不像是那种会隐没于黑暗中的人，更看不出他是个有权有势的男人。我站在阴影里，已经不太确定自己算什么了——究竟是个怪物还是女人，或者两者兼而有之。我静静地盯着吉迪恩看了几分钟，呼吸逐渐平复，感知也随之稳定。在我们之间水坑的湿气中，我也闻到了吉迪恩微弱的味道。很奇怪，此刻的我彻底放松了。自来到伦敦以来，这是我第一次感觉自己来对地方了。是我的双腿把我带到了吉迪恩面前，是这座屡屡让我失望的城市将他送到了我面前。此前体内我未曾留意过的感官忽而爆发，捕捉到了他身上的某种特质，将他映得闪亮，宛如镭一般在暗处发光。空气中弥漫着一股甜腻的香气，脑中有声音在说：那是他身上道德堕落的气味。那香气如同蛋糕的味道。我从阴影里走出来。吉迪恩转身看见我，吓了一跳。

"噢！"他说。一见只有我，他看起来像是如释重负，朝我走过来。我静静地站着。"是莉迪娅吗？"他说着，看了看他的表，面带微笑。我猜他没有注意到我有什么不对劲：我浑身湿透，脸色多半也很奇怪，身上定是带了点发酸的牛奶味，嘴巴张开，亮出了牙齿。"你到得稍稍有点晚了！"他笑着打趣。

我想说点什么，但也想不出要说什么，也说不出来，于是只是对他微笑，他也对我微笑。然后他抬起手，放在我的胳膊上。就是在楼梯上抚摸我身体的那只手。

他的手一碰到我，我就感觉自己能在一个崭新的维度上感知到吉迪恩。不仅仅是他这个人，还有他在这一刻之前已存活了几十年的生命，以及他在这一刻之后可能会延续几十年的生命。那种感觉很奇怪：他的生命呈现在我面前，仿佛一件柔软而切实的东西，柔软得可以让我像切黄油一样一刀切开。我自身生命的边界似乎总在遥远的未来，总在我此刻的生活无法触及、无法靠近的地方。但现在，我可以清楚地看到吉迪恩生命的边界。它就在这里，在我的牙齿里，在我的身体里，在这具可能会将他活下去的一切能量吸干的身体里。他的颈子离我很近，是他亲自把颈子送到我面前的，是他把他自己的生命献给了我。它就在那里，离我的脸只有几英寸*。

我看着吉迪恩柔软的脖子，皮肤下的动脉正在跳动。"你还好吗？"他问道。接着，我迅速移动，咬了他一口。他挣扎了一会儿，但我像捏住一只鸟儿一样掐住他，站在他的脚上，就像一个孩子站在父亲脚上跳舞。我开始喝血。鲜血涌入，眼前浮现他生活中的片段，真切可感：他出生了，后来去了学校，安静地坐在一间满是课桌的屋子里，坐在男孩子们的后面，他学习；他经历丧母，继而经历丧父；后来自己也当上了父亲，有了一个可爱的女儿，脸颊圆鼓鼓的，头发乌黑；他有了众多的女人，他以随时要吞噬她们似的眼神打量着这些女人；他把一个年轻女子带到一个大花园的阴凉处，让她躺在一棵树下的草地上，贪婪地俯视她的身体，将她推到草地上，把她的双臂死死按在身侧；然后，很久以后，他在画廊里凝视沙克蒂，看着她经过走廊，跟她说话，在她手机上看某件艺术品，接着在黑暗中触碰她的手臂，继而是她的胸部，看着她的脖子，好似会咬下去，接着以自己的唇去吻她的唇，即便她挣脱了，他的唇还是寻寻觅觅，狠狠地压了上去。然后，几个月后，他见到了我。我在画廊外面，他在窗户上打量我，跟我在电话中说话，斥责我说自己是个女孩。接着他看着我走下楼梯，装衣架的箱子遮住了我的脸。

---

* 1英寸约合2.54厘米。

他能看到的只有我的腿，还有我的脚小心地踩着楼梯，试探着每一个台阶的边缘。我看起来好小。之后，就在我接近他的时候，他的记忆仿佛变成了我的记忆，他的手变成了我的手。我的手向前伸去，试图拿走不属于我的东西，或许在此刻，那正是属于我的东西。我向前伸出手，触碰背部，感受它对我的触摸的反应，之后我把手移到臀部，仿佛要从树上摘取苹果般自然摸索，之后看着我走完剩下的楼梯。在那之后，这一切并没有停止。不久之后，在开幕式上，我再次看着自己，自己在脱衣服，在把画廊的T恤换成衬衫时露出的一侧乳房；等我离开后，拿起我穿过的T恤闻，吸入我的气味自慰；还有我在这里，锁门，随后我向自己走来，兴奋地期待着在这个黑暗、安静的空间里，在夜晚中，单独和我在一起。接着，就在这一切结束的时候，我感受到了恐惧，强烈的恐惧，吉迪恩对我这么个怪物的恐惧。我丢下他，他的身体已被我吸干，已被我占据，已被我夺走。

此时雨下得更大了。整个世界都笼罩在夜色的阴影里。我找到了回河边的路。生命无处不在，由人们的身体里延伸出来，有些是几十年，有些仅仅十年，或者仅仅几年，或者仅仅几周。也许因为刚刚终结、吞噬了一条生命，我得以更加确切地感知到生命的存在，仿佛它是某种物质，一块以细腻丝绸编织而成的布料。一个孩子跟他爸爸路过时看着我，我看到他身后拖着四年的时光，也隐约看到他未来的岁月。

他的身体正好在中间，温柔而甜美，大大的眼睛，红红的脸颊，戴着雨衣兜帽。我大可潜入他生命的脆弱部分，将其掏空，将剩下的部分劫掠殆尽。我待在建筑物旁，待在树下最暗的阴影里，品味着吉迪恩的过去，以及他被我攫取的未来。他的记忆充斥脑海，就像它们是我的记忆一样。其中不仅有吉迪恩生活中的事，还有各种各样的味道和口感：母乳轻易地流进我的胃里，用黄油和欧芹煮的鸡肉，豌豆、黄豆和奶油豆，橙子和桃子，刚从地里采摘回来的新鲜草莓，每天早上喝滚烫的浓咖啡，意面、核桃、面包和布里干酪；接着是一些甜品：玫瑰和藏红花风味的奶冻，配上一杯白葡萄酒，其中隐含了单宁、土壤、核果类水果、白色鲜花的味道；天啊，还有拉面、荞麦面、乌冬面，撒上紫菜和芝麻，味噌汤里有豆腐和葱，河豚和金枪鱼刺身蘸了酱油，梅子饭团中间夹着酸梅；还有些我不认识、陌生又熟悉、从没意识到自己渴望的东西：酥脆的羊肉碎、厚实的断面条、辣椒油、椰奶煮香米，罗望子……接着是一种鲜绿色的甜点——斑兰的甜美香味在我口中弥漫。我跑了起来。太爽了。我张开嘴，雨水冲刷着我的舌头。骑自行车的人和跑步的人都给我让道。

在回工厂的路上，我沿着小路走，寻找其他人。我想再吃点。我还是很饿，好饿，想试试别的口味。我在一个报刊亭后面找到了一个人，嘴里叼着一根点燃的香烟，他甚至没来得及说点什么，只是上下打量了我一下，站起来，显得更加高大。他得意地笑着，朝我走了过来。当我咬他的脖子时，香烟在他的唇间停留了一会儿,我吸了一口气,闻到了血液中烟雾和灰烬的味道。我咀嚼着他的皮肤、肌肉和骨头,借此体验着薯片、牛排、鳕鱼、水煮鸡蛋配面包条的味道。我用牙齿扯下一块奇怪的肉,是他的舌头。我把他的尸体扔到地上,舌头还挂在我的嘴边。我一松口,那舌头轻轻地落在他的胸口,我对那具尸体说:"伙计,谢谢你的这顿饭。"差点还说了我妈妈教我对猪说的那套祷词。寂静中响起我的声音,无比悦耳。

我回来时,大楼很安静。雨水沿着我的衣服和头发成股成股地流下。我悄悄回到自己的工作室,打开锁,关上身后的门。

在黑暗中,我审视着房间。我刚建立的新生活的点点滴滴随处可见:挂在钩子上的本送的植物,木偶雅嘎,我的画,我以前的几本书,我在桥下买的书,我偷的书。衣服挂在墙上,床在角落里。我开始把东西装进包里,只装了其中一些东西。剩下的大部分东西我都留了下来:博伊斯的书,那本我从未翻开的关于蔬菜的书,那本关于伦理学的书。我打开谢尔-吉尔的书,从书页之间拿出我放在里面的那张剪下来的《三个女孩》的图片,看着女孩们的脸。三张我觉得自己认识的美丽的脸。也许我该去找她们,我心想,也许她们在等我。我把画和书放在包里,然后拿起木偶雅嘎。

这是第一次我觉得自己真正拥有了她,因为在吉迪恩的记忆中，储藏了他购入的艺术品：沃肖编织篮、日本墨绘、智利粗麻拼布作品，还有从俄罗斯拍卖行购入的木偶雅嘎；在艾敏、查普曼兄弟和戈雅的画作之间，是我爸爸的画作：丝绸上的厚重笔触，黑色的棱角线条，尖锐的形状。这些统统都属于我了。

"嘿，雅嘎。"我说。她的一切——她那张木脸上的黑色，她衣服上的、眼睛里的黑色，此时看起来都更鲜明了。"我吃了。"我对她说，接着把她放在背包里，离开了。我要去接妈妈，带着她去别的地方，然后再去下一个地方。

我离开工作室。本出现在楼梯口，手里提着一个看起来装满食物的百特文治的外卖袋，还有一个装满汤的纸罐。他蹲下来，小心地把汤放在地板上，然后在口袋里翻找东西。

此刻我看着他，像是第一次见到他似的。在他身后，他曾经活过的岁月上下飘动，充斥了整个楼梯间。在他的前方，他的未来飞散开来，向我延伸。我能从其中看到悲伤的痕迹，还有别的东西：他的小妹妹，他的父亲，他长大的家，还有他维持了小时模样的卧室，蓝色的墙，屋顶有火车的边框。但我也看到了，这生命有个明确的结局。我看到的其他人的生命是开放的，在他们前方延伸了几十年，但本的生命却在短短几年内就戛然而止。在他面前的时间，相当于一个孩子活过的岁月。

我向他靠近，关上身后工作室的门，静静地站在楼梯投下的阴影里。我可以告诉他，他的寿命很短，也许他的人生轨迹会因此改变，也许会再活上几十年。也许，我可以把他变成吸血鬼，可以扭曲他小小的生命，将它延伸到被世人遗忘的程度，让它变得像我一样奇怪和不自然。我无法决定该做什么，只是一动不动。他拿着手机，正在发短信。突然，我口袋里的手机震动了一下。他转过身来，眯起眼睛，看向我所在的方向。

"是莉迪吗？"他问。我看着他那美好的小生命，那么完美，在日光下闪闪发光，即便非常短暂。这简直是不可抗拒。我从阴影里走出来，本的表情立刻变了。他看起来既震惊又害怕。我的体内满溢别人的生命，看起来定是一副疯狂又恐怖的样子。我用手背擦了擦嘴，发现上面全是血。

"怎么……"本开口了，但我叫他噤声，我笑了笑，抓住他的胳膊，捏了捏，把他稍微往上抬了抬。然后我弯下腰，用我的身体将他的身体拢住，把下巴搁在他的肩膀上，让我的脖子贴着他的脖子，感受着他的脉搏，就仿佛那是我的脉搏。之后我放开了他，从口袋里拿出钥匙，摊开本的手，把钥匙放进去。"我得走了。"我说。

本什么也没说。他只是看着我，嘴巴微张。我嘴里的血沾在他的皮肤上。随后，我离开（leave）了。我留下（leave）了本完整的生命——小而美的生命，留下了我的生活——我和他共度过的生活。